LIVRO
DAS
HORAS

CIP-BRASIL. CATALOGAÇÃO NA FONTE
SINDICATO NACIONAL DOS EDITORES DE LIVROS, RJ

Piñon, Nélida
P725l   Livro das horas / Nélida Piñon. – 5ª ed. – Rio de Janeiro:
5ª ed. Record, 2024.

ISBN 978-85-01-09978-5

1. Piñon, Nélida – Romance. 2. Academia Brasileira de Letras. I. Título.

12-3919   CDD: 869.93
                                           CDU: 821.134.3(81)-3

Copyright © by Nélida Piñon, 2012

Texto revisado segundo o novo Acordo Ortográfico da Língua Portuguesa.

Editoração eletrônica: Abreu's System

Direitos exclusivos desta edição reservados pela
EDITORA RECORD LTDA.
Rua Argentina, 171 – Rio de Janeiro, RJ – 20921-380 – Tel.: 2585-2000,
que se reserva a propriedade literária desta tradução.

Impresso no Brasil

ISBN 978-85-01-09978-5

Seja um leitor preferencial Record.
Cadastre-se no site www.record.com.br e receba informações
sobre nossos lançamentos e nossas promoções.

Atendimento e venda direta ao leitor:
sac@record.com.br

LIVRO DAS HORAS
NÉLIDA PIÑON

5ª EDIÇÃO

EDITORA RECORD
RIO DE JANEIRO • SÃO PAULO
2024

EM MEMÓRIA DO MEU PAI,
LINO PIÑON MUIÑOS,
GALANTE E MISTERIOSO

O RELÓGIO DO TEMPO

A verdade da ficção, o corte vertical sobre a existência humana, a distância das simetrias fixadas, e sobretudo Deus como exercício de liberdade, são indicações de caminhos para uma jornada interminável. Trajetória que se faz acompanhar de uma ancestralidade que remonta a gregos e romanos, e tem como parada obrigatória a Península Ibérica e o trópico. Tudo sob os auspícios da imaginação, e seguindo à risca as indicações da palavra poética. A imaginação é impulso e amparo, assim como a arte é aurora e bússola. A linguagem é tudo aquilo que se pode fazer com a língua, com o corpo e a alma. E é muito.

São indicações recolhidas nas páginas da mais recente obra de Nélida Piñon, *Livro das horas*.

Aí a memória e a autobiografia, o ensaio e o poema em prosa, assinam um superior protocolo de intenções, que uniria para sempre a narradora ardilosa e a vida do mundo, superando mesmo os limites do que a autora chama, com propriedade, o "real fingido".

Aí também se encontram, e se entendem, a consistência cognitiva, o trivial variado, as receitas da mesa, a incontinência oblíqua da cama, o sublime. Sem falar nas intervenções insólitas de Gravetinho, sempre recebidas com excessiva generosidade.

Os que investem no melodrama sulfuroso, consomem manuais de autoajuda, esperam impacientes estórias picantes e se curvam diante de tramas policialescas não têm vez no auditório dessa ficcionista insubmissa.

A "trivial literatura", de ampla repercussão embora meramente reprodutiva, posa de não ou antiliteratura. Não passa de um objeto artisticamente minúsculo, circunscrito ao consumo imediato.

Nélida Piñon cultiva a palavra, a memória, a invenção, dentro de um regime de trocas simbólicas que dá cobertura ao seu espetáculo narrativo. E consegue operar em vários registros, alternando com destreza tragicidade e comicidade. Às vezes chego a imaginar que andou conversando com D. Miguel de Unamuno sobre o sentimento trágico da vida. Em outras, suponho que trocou ideias com Miguel de Cervantes sobre o tragicômico. Tudo, nela, é possível.

Quando a linguagem alcança a maturidade sem perder a jovialidade, é que estamos diante de um fenômeno muito especial. Quando a memória se desfaz do compromisso absorventemente reprodutivo e assume a criatividade, é porque ultrapassamos as fronteiras das lembranças mais ou menos infiéis.

Nesse instante nos instalamos no coração da aventura poética, e somos capazes de habitar um território mágico, previsível e desconcertante, localizado entre a casa e a pólis. Ele pode ser percebido no discurso crispado da narradora que pensa. Pensa tão profundamente que jamais deixa esmaecer os sinais do sentimento. Os rígidos mandamentos da Estética baumgarteana não a sensibilizam.

Nélida Piñon prefere alimentar a invenção com o "saber de experiências feito", a sabedoria dos anistiados, e esses sinais cifrados que só os legitimamente criadores sabem decifrar. O seu olhar vigilante mora na linha do horizonte. Mesmo que se trate daquela peripécia vital, simultaneamente expatriada e enraizada, árdua sempre: "Meu único inimigo é a escrita que, fugidia, não se deixa apreender. Escapa-me e vou ao seu encalço, sem fazer concessões em troca de qualquer moeda." A narradora maior talvez esteja autorizada a acrescentar uma pequena errata a um grande poeta da nossa língua: a minha pátria é o ser humano.

Mais uma vez a *literariedade* que faz da literatura arte, e da arte, vida. Esses elementos constitutivos, reprogramados desde Aristóteles, e que conhecemos como *ficcionalidade*. Os encartes históricos são recolhidos pelo olho da ficção, pela alta taxa de ficcionalidade. Também o convincente cortejo de sintagmas inesperados, de oximoros surpreendentes, terrivelmente penetrantes. A ponto de nos levar a supor que o tema é o texto, o personagem principal, o protagonista, é a linguagem, a narrativa se fazendo o tempo todo.

Estamos diante da literatura como infatigável construção de todas as horas, de cada minuto, à qual não falta sequer a denúncia política, alerta e inconformada. É que a insanidade do regime de exceção que se instalou no país obrigou a romancista a se transferir, com irrazoável frequência, da casa acolhedora da Lagoa Rodrigo de Freitas para a contenda da pólis, fazendo com que a escritora acentue o seu lado cidadão, em nítido confronto, entre as trevas das armas e a luminosidade da palavra. Sem nunca deixar de proclamar: "insuflo a vida, não a punição". É quando ela remete Machado de Assis contra o fundo falso da nossa modernidade rasurada: "Dói retornar ao meu século."

Este *Livro das horas* se encontra todo ele vazado de historicidade, consciente de que as horas não passam em vão. E de que é preciso manter os pés na terra, e apostar no trabalho da linguagem, com aquele encanto que dispensa a eloquência. A sua escrita é discreta, mas nem por isso menos associativa. Predica pela associação sem a concessão comprometedora, chegando até a dessacralização do escritor. "O escritor", pondera, "amealha mentiras e doutrinas capciosas. Faz crer aos demais que sua caneta o torna um herói. Pobre de quem acredita no futuro radioso da arte."

Em um ou outro momento cheguei a suspeitar que se tratava de um livro cruel, que expunha feridas abertas. Mas logo fui me apercebendo — uma vez mais — de que me enganara. Estava diante de livro simplesmente verdadeiro. E a verdade, desde que emancipada, não desmerece, nem divide: abarca, reúne, solidariza. E é esta verdade que saudavelmente contamina toda a obra de Nélida Piñon.

EDUARDO PORTELLA

Não sou forte e nem poderosa. Tampouco estou na flor dos 20 anos. Não faz falta enaltecer o meu retrato que a mãe Carmen outrora pendurou em seu quarto antes de morrer, com a intenção de eternizar a juventude da filha na sua retina. Quem sabe pretendendo que os anos vividos não lhe roubassem a memória que ainda guardava de mim.

Mas quem seja eu hoje, não pude combater as rugas, o declínio, para lhe fazer a vontade. Levo no rosto uma história curtida e que me ajuda a envelhecer. Não vivi sem resultados, minha vida não foi inóspita.

Sempre que mencionam em tom de elegia de como era nos áureos anos, sorrio. Recordo, agradecida, uma trajetória intensa e ruborizo-me. A beleza, a esta altura, não me lisonjeia. Opto por ser a heroína das ideias e das ações que desenvolvi, em especial por me haver submetido ao que o corpo e a imaginação me ditaram.

Releio *Tristão e Isolda* e me perturbo. O poema tece loas à carne que estremece e sonha, e ao amor desmedido. Sobretudo quando certos versos anunciam o avanço da morte prestes a emboscar os amantes. Uma construção poética que, havendo talvez nascido na corte de Marie de France, filha de Leonor de Aquitânia, sob a forma inicial de *lais*, cruzou a Mancha a caminho da selvagem Bretanha. O território cuja latitude lendária propiciava desatinos, desfechos trágicos.

Também Wagner, na sequência do poema, consagra este amor sob os efeitos de um filtro mágico. Concede-lhe origem espúria e controvertida ao longo da travessia marítima a que se submetem Tristão e Isolda, prometida do rei Marco da Cornouailles, e a ama Brangen.

Na primeira visita a Bayreuth, para a temporada operística, percorro o teatro concebido por Wagner com a sensação de imitar Pedro II, o imperador do Brasil, presente na inauguração do prédio inteiramente concebido pelo compositor. Sentada na cadeira que o próprio Wagner projetou com inconcebível desconforto, tendo em vista impedir que o espectador caísse no sono dada a extensão das apresentações, eu não me movia. O corpo parecia petrificado, presa fácil da emoção.

Sob o beneplácito do gênio alemão, percorri a cidade, rastreando-lhe a figura e a da esposa Cósima, de ilustre dinastia, filha de Liszt e da condessa d'Agout. A mãe, além de parir filhos ilegítimos do extraordinário pianista, publicara o romance *Nélida* com o pseudônimo de Daniel Stern. Um livro lido na adolescência, atraída pelo título. Na mesma ocasião havendo lido o outro *Nélida*, de Renata Halperin, autora argentina. Movida decerto pela curiosidade de saber o que se escondia sob a custódia de um nome que ambas as mulheres elegeram e que se concentrava agora na minha pessoa.

Só na maturidade descobri, graças a Tarlei, que o título "Nélida", da condessa, e o pseudônimo que adotara, "Daniel Stern", formavam um anagrama. Não havendo sido o pseudônimo, ao menos de sua parte, um mero acaso. Antes a deliberada escolha que desatava entre título e pseudônimo simetrias e perplexidades.

Motivada por tais coincidências, participei à família materna o ocorrido. Encantada de constatar que, a despeito da aversão inicial do avô Daniel pelo nome da neta, pois me queria Pilar, como sua mãe, estávamos o avô e eu irremediavelmente enlaçados pelo anagrama, graças à pertinácia de tia Maíta, responsável por semelhante designação.

Bayreuth é um burgo pequeno. Seu cotidiano converge para o teatro. Em cada esquina, somos induzidos a entronizar Wagner, como o fizera antes Luís da Baviera. No terraço do café, reflito sobre a imaginação do mundo que o compositor filtrou, e alterou, a fim de ajustar os conteúdos narrativos à visão que guardava da cultura germânica.

Mais adiante, encostada no parapeito da barraca, peço um sanduíche de salsicha grelhada. Dispenso o *ketchup*, mas pincelo a *frankfurt* com mostarda escura. Simulo, enquanto como, ser um personagem que o maestro engendrou, criaturas todas de substrato mítico. Em Bayreuth, a própria ficção, que é o meu lar, insta-me a esgotar a psique de qualquer deles, de vestir-lhes a pele. É difícil escolher quem desejo ser. Afinal, a lista é longa. Desde deuses, que se transmudam no exercício do poder, até Siegfried, cujo caráter e lentidão mental me irritam.

Observo os transeuntes. Inclino-me a ser Parsifal e Tannhäuser. Ou Isolda, cuja história fornece subsídios para alicerçar o amor ocidental. Ela parece me suprir de poções encantatórias. E foi mesmo como ora relato? É-me indiferente que a procedência seja incorreta e eu invente partes do enredo como resultado do excesso de leitura. O fato é que ambos os amantes, Tristão e

Isolda, surgiram de um ninho de mitos, cercados de ervas, de animais rastejantes, sob a sina que amaldiçoa os humanos.

Até os dias presentes, o vírus de semelhante paixão frustra-nos, provoca inveja. E quem não aspira a intensidade de um sentimento que carboniza antes de conhecer a finitude? Contudo, falta-nos grandeza utópica. Somos despreparados para a vida e imperfeitos para a ficção. No entanto, se a existência não simboliza o ideal de amor, o amor, no palco da arte, é inexcedível. Apresenta-se como uma forma radical de viver. E é tão devastador que eu, pobre mortal, ao olhar o cristal do horizonte da Lagoa, onde vivo, esmoreço por não ser Isolda ou Tristão. Ainda que pudesse ser Capitu, sem ter necessariamente Machado de Assis como meu criador. Mas acaso a ambiguidade que afeta Capitu, e demais personagens machadianos, procede do ser brasileiro?

É comum a pátria mencionar Capitu. A heroína de uma literatura com escasso uso dos presságios, a que falta o sentido do trágico. Só que, por ser este enredo concebido por Machado de Assis e pelo frágil Bentinho, impôs-se à imaginação brasileira. E como resistir à insinuação de que a mulher, sendo oblíqua, tinha o dom de trair?

Na casa, Gravetinho ronda-me sem cerimônia. Indago o que o amor representa no universo das minhas convicções. Será meramente crepuscular? Às vezes, para acentuar o fardo narrativo de Capitu, transfiro para a pobre mulher a minha insensatez. Sei que é chegado o momento da reparação conjugal, de livrar Capitu da culpa, da condenação moral. E não me refiro à expiação culposa, de matriz monoteísta, mas o alívio que lhe devolva esplendor, que é quando a vida se apaga em um horizonte idílico.

Compro partituras em miniatura na loja da esquina. Uma delas destinei a Lily, amiga leal, que apreciava meus modestos regalos. Penso na ópera daquele final da tarde e padeço de intenso sobressalto. Sofro do acúmulo de vida que dizima a gente da minha espécie. Mas, se de fato sou escritora, as ações humanas não me devem exaurir. É mister aceitar que as palavras no palco wagneriano saltem sobre mim como as rãs pulam fora do charco.

No palco, Tristão se debate. A febre da paixão o incomoda. A partir de certo entrecho, a tragédia, na iminência de eclodir, reflete um mal-estar civilizatório. E as implicações advindas de tal desenlace narram as dores do mundo.

Divido-me entre Isolda e a brasileira Capitu, ambas a serviço da traição conjugal, tema recorrente na literatura, cujas dores nivelam as emoções de qualquer época.

Afogada, no entanto, nas falsas alegorias, incorro no erro de avançar em temas arcaicos. E sigo comparando Tristão e Isolda, que esgotaram o conceito do amor proibido, com Capitu, que não sei a quem amou. Mas por que relaciono os referidos amantes com a grosseira mirada contemporânea, como se acreditasse que meras semelhanças entre histórias criam imediata afinidade?

Talvez porque estes personagens, no mundo e no Brasil, ao se integrarem à galeria dos protótipos, sujeitam-se à fácil reprodução. A cultura, mesmo de massa, no afã de popularizá-los, apaga-lhes o vínculo mítico, descaracteriza-os, logra destruir seu mistério. Uma cultura que aspira destinar Tristão, Isolda, Capitu, Bento a uma estética lúmpen.

Peregrino pelo bairro, rastreio-lhe a vida. Imito os demais que se precipitam na rua ansiosos por quebrar os grilhões do lar. Lá vou eu com o cajado invisível que usei outrora quando empreendi o caminho jacobino, mais conhecido como de Santiago de Compostela. Munida do cajado, da concha pendurada no pescoço, voltei a sentir-me uma romeira com apetites transcendentes.

Na Cobal do Humaitá, percorro as lojas de frutas, legumes, queijos, o vinho do Sr. Aníbal. Os potes de vidro, cheios de biscoitos oriundos do interior do Brasil, nascidos em geral das diligentes mãos femininas, constituem um *canvas* de um pintor atento à realidade.

Nas barracas, Júlio me vigia. Acusa-me de ser exagerada. Finjo não ouvi-lo e apalpo as frutas, evito ser conclusiva no que diz respeito ao cotidiano. Afugento qualquer pretensão filosófica que dificulte o trato com as coisas simples.

Amo os tomates com passaporte latino-americano. Mas prefiro os europeus, bem mais doces. Sou cautelosa com eles como forma de homenagear a vida. As matérias que levo para casa dependem do meu beneplácito moral.

Para meu alívio, nem tudo parece nascer de um arbítrio implacável. Não endeuso a realidade só por ser parte dela, ou por percorrer a rua Voluntários da Pátria com certa desfaçatez. Afinal, onde me escorar ao chegar a casa?

Outras fantasias culinárias me entretêm. Tenho razões de amar a vida diária, de sorrir por conta da minha banalidade. O próprio pão preto alemão fatiado, vindo de Petrópolis, recorda-me o período de escassez da Espanha franquista, pós-guerra civil, sujeita a severo racionamento. Como lembrança daqueles tempos, mastigo o pão preto pelas manhãs com a sensação de estar de novo em Borela, onde fui tão feliz.

LIVRO DAS HORAS

Sigo adiante, desobrigada do ofício de ser escriba vinte e quatro horas do dia. Um fato que me reparte em diversas porções. Umas, sediadas na Lagoa, outras, na Academia Brasileira de Letras, aonde compareço em média duas vezes por semana. Há pedaços que seguem pelo correio para Carmen Balcells, em Barcelona, acompanhados de bilhetes sucintos, mas carinhosos. Quando lhe digo: como sei que sente falta da amiga brasileira, aqui vão fatias que ainda posso dispensar sem perder a minha inteireza, de modo que, ao nos encontrarmos no futuro, estarei intacta, como sempre, embora com quilos a mais, além das pregas. Advirto-lhe que a cabeça continua em estado de alerta, talvez mais serena.

Chamam-me ao celular, um número praticamente privado. Monótona voz de mulher oferece-me novas tecnologias vinculadas à assinatura, como se meus vazios interiores necessitassem de imediata ocupação. Com que direito aquele timbre de falsete da funcionária invade o tempo que ainda me resta para viver? Acaso intuiu que, por haver sido leitora assídua dos místicos Plotino, Meister Eckhart, postulo a contemplação, não devendo nada mais me afetar? E que no fulgor da adolescência considerei a possibilidade de ser Teresa de Ávila ao menos por algumas horas? A brava Cepeda que se entretinha em escrever cartas, em conversar no consistório, no afã de ouvir sábios como ela e dar-lhes combate. A mulher cujo temperamento indômito almejou ter Cristo ao seu lado com o intuito de justificar as frustrações que a sociedade lhe impunha?

No mercado, ainda, admito ser a vida feita de tréguas, ora difíceis, ora encantatórias. E que nem sempre os apelos ouvidos de fora equivalem ao chamado de Deus. Mas, não sendo de origem divina, o que fazer com a frivolidade do meu entorno que consome meus dias como um picolé de chocolate sem eu reagir?

Encerro a visita. As sacolas de compras, organizadas na mala do carro, expressam meu conceito de abundância. E enquanto a carteira de notas se esvazia, entrego-me aos afazeres inexpressivos a fim de que a geladeira abarrotada alimente meus sonhos diários.

A cada dia aprendo a amar. A família, os amigos, a língua, as instâncias da vida e da arte. Tudo que ausculto e responde ao chamado. O que arfa, respira e acolhe-me sem eu haver pedido. Amar a quem me abraça sem pensar em me dar as costas. Amar a quem late, ruge, relincha e é bicho, como Gravetinho, alegria dos meus anos maduros. Amar a paisagem onde durmo e a humanidade repousa. Amar a descuidada língua dos homens em geral surdos, que recusam ouvir os latidos do coração. Amar a voz dos atores que no palco, sob a batuta da tragédia grega, apoiados em seus coturnos, intensificam o mundo.

Sondo o que há por trás das portas e sigo os ditames da amizade que fortalece e decepciona. Como consequência, não sou inocente no jogo dos afetos. Como os demais, seguindo o roteiro da infância, afundo-me no caldeirão de feijão-preto no qual Dom Ratão submergiu fulminado. Só assim, em nome da fraude, invento sentimentos idílicos e desconsidero emoções subalternas.

Aliás, a história da amizade é um prodígio humano. Suas regalias e emoções tombam no meu regaço e as acolho. Agarro-a contra o peito e guardo-a no cofre, não posso perdê-la. A amizade não esvazia o meu coração, ao contrário, ocupa-o sempre. Mas o que dizer da partida do amigo a quem se quis por toda a vida? Levei Elza ao cemitério e nunca mais fui a mesma. Sua morte não é um legado. Sua memória, sim, além dos pequenos trastes, hoje em minha casa, preciosos e transcendentes, me consolam. Porque esta amizade não se extingue, eterniza-se na saudade. Penso também que a amiga que se foi sou eu mesma. Já não estou aqui, havendo perdido porções minhas. Mas sigo tendo a obrigação de me olhar no espelho, embora me canse deste rosto refletido no cristal.

❦

Estou em Nova York e a paisagem me é familiar. Tenho muito a dizer da cidade onde vivi e à qual retornei inúmeras vezes. A urbe parece-me agora ilusória, não se afina com quem sou. Guardo dela memórias intensas, amparadas em sensações inebriantes. Hoje, não passa de um conglomerado distante a expulsar-me de volta ao lar.

Meu hotel, na esquina da rua 54 com a Sexta avenida, é uma aldeia onde encontro o necessário para viver. Os quarteirões em torno organizam o meu universo, o que não é tarefa fácil. Sobretudo porque, distraída, os pensamentos me falham. Pensar é aliciador. Leva-me a esbarrar em fragmentos verbais que abandono em seguida. A todos falta a ordenação capaz de prever o início e o fim de uma vida. Contudo, concateno algumas percepções que são trilhas montanhesas.

Não sou turista, mas uma exilada. Não propriamente da urbe, mas de mim mesma. O dono da barraca propõe-me um cachorro-quente que aceito. Traio o Papaya, cujo sanduíche é imbatível. Mas, ao comer o pedaço que me toca, afundo nas vidas que vivi outrora em Nova York. E percebo a inutilidade de saber tudo que sei desta vila gigante cercada de artefatos concretos e que pouco me servem. Conjeturo que as facetas da cidade originam-se também das minhas entranhas.

Onde esteja, o cotidiano me confunde, sigo sendo verbo e carne. Desde o berço, aliás, relacionei o verbo com atos insignificantes e essenciais. Servia para me prover de um copo de água enquanto caminhasse pelo deserto. Igualmente para sugerir um encontro amoroso de cuja eficácia duvido.

Na sapataria vizinha do hotel, o dono, ao avaliar o salto perdido do meu sapato, corrigiu-me sem razão. Reagi com polidez, mas ele insistiu. Disse-lhe que ali viera por conta de mera sola de sapato e não para ganhar lições que não lhe pedira. Ele se assustou. Como uma mulher, mesmo em Nova York, enfrentava-lhe a voz grave, o bigode volumoso, o sotaque italiano? Prossegui na peroração até que resignado me ofertasse um caramelo como sinal de paz. À saída, pediu que voltasse, gostara de conversar comigo.

Na rua, vítima do frio, aspiro que minha derradeira expressão de vida seja prazerosa para quem me escute à beira do leito. E que, conquanto frágil, assegure aos ouvintes o quanto lhes quis bem. E tenha eu tempo de proclamar devoção à escritura, graças à qual sobrevivi por tantos anos. Aliás, nunca suportei pensar que deixasse de celebrar em algum mês de maio o fenômeno da escrita. E que personagem meu, grato por existir, não me dissesse bom dia. Ou não cumprimentasse os ciganos acampados à beira do Guadalquivir.

Em qualquer circunstância, havia que fazer anotações. Certa de que o leitor que há em mim escreve antes mesmo de ler. Mas que ilação é esta? Acaso entronizo o absurdo sem considerar o que o meu coração, propenso ao sagrado, abriga a cada manhã? Nada tenho a declarar. Exceto que meu mistério iguala-se em importância

LIVRO DAS HORAS

ao osso dependurado no açougue da minha infância e que me fazia cogitar quem o levaria para casa com o intuito de enriquecer a sopa. Um osso extraído não da vaca, mas talvez de um sentenciado à morte confinado ao campo de concentração onde habitamos todos.

Em Nova York, Isabel Vincent me visita a cada manhã. Ela vem ao hotel e traz-me pequenas lembranças. Um *bagel*, o café fresco, os jornais do dia, para que não os compre e nem carregue. Tomamos o café no *diners* da esquina da Sexta avenida com a 55 e insisto que coma. Preservo a cria com o alimento. Ela permanece pouco tempo, precisa retornar à redação do *New York Post*, perto dali, onde ela e a parceira Melissa assinam juntas matérias corajosas. Mas, nos minutos de que dispomos, atualizamos a banalidade irrenunciável da vida.

Usa óculos, é sóbria, mas bela. Emociona-me, não importa o que diga. Conheci-a em Toronto, teria talvez 18 anos. Estagiária de jornal, solicitou-me a entrevista que outros escritores presentes ao seminário lhe negavam. Pesava-lhe o ônus de ser mera aprendiz.

Cedi-lhe o tempo necessário. Seu português tinha sotaque lisboeta, herdado dos pais que imigraram para o Canadá. Mencionou Toni Morrison, amiga e admirável escritora, a quem aspirava um dia entrevistar. Anos mais tarde, casada com Jeff, localizou-me na Universidade de Miami, onde eu era catedrática, pedindo ajuda. Indicada correspondente do *Globo Mail* para a América Latina, devendo instalar-se no Rio de Janeiro, ela ignorava como agir.

Seguindo um impulso inesperado, ajudamo-la, minha mãe e eu. O casal tornou-se parte da nossa família. Sua permanência no Brasil, e nos anos que se seguiram, já de volta ela a Toronto, consolidou uma amizade que me inspirou um sentimento raro, maternal, diria inaugural. E, muito depois, deu-me a filha Hannah Nélida para amar. Agora vive em Nova York e recentemente publicou *Gilded Lily: Lily Safra, the Making of One of the World's Wealthiest Widow*, belo e corajoso livro sobre a milionária Lily Safra.

A devoção de Isabel é exemplar, chama-me a cada dia. Os assuntos variam, apesar da cerimônia que mantemos. É discreta, em relação ao meu cotidiano profundo. Digo-lhe o que estou a fazer, a quem recebo para jantar, quais os meus cardápios. Menciona, feliz, que a nossa amizade já dura vinte e seis anos e reserva-me elogios afetivos querendo confirmar o quanto importo em sua vida e ela na minha. Sofro que HN e ela não vivam no Brasil. Ambas me fazem profunda falta.

Caminho pelo Central Park, ou será o Hyde Park, de Londres? E que diferença faz se não dou à natureza a atenção que merece? Penso no romance já iniciado e que abandonei por outros projetos. O gênero romanesco, contudo, me governa, é superior a qualquer outro. A sociedade dos homens concentra-se em suas páginas. As desgraças e os enigmas. E, enquanto investigo a vida que arfa em torno, percebo ser hora do almoço.

Recordo o avô Daniel que afinou minha natureza de narradora e me induziu a apreciar as travessas postas à minha frente. Opto às vezes por refeições modestas, que me encantam. Como quando me sento na sala tumultuada do *deli* Carnegie, da Sétima avenida, e repito há anos o mesmo pedido. A sopa *borchst* com *sour cream* e o volumoso *corned beef* que bem poderia ser repartido entre três comensais. Saboreio de olhos semicerrados. Muitas vezes, mesmo em Barcelona, penso nele. Seria capaz de tomar o avião só para comê-lo.

Embora vítima das esquinas ventosas de Nova York, a narrativa que brota em mim é alimentada por variadas sequências romanescas. Temo que a memória claudique e as dissolva antes de escrevê-las. Ainda que atrás das cenas urdidas haja personagens que padecem das metamorfoses que a arte impõe a quem lida com ela.

Após o almoço, retorno ao Central Park. Em movimento lúdico, escondo-me atrás do arbusto como se fora uma fugitiva. Um personagem fora de mim, sem nome e perplexo, confundido com as artimanhas da vida. Ainda assim prossigo, ignoro para onde as trilhas me levam.

A trajetória é longa, alterou-me. À época da infância, aspirava ser aventureira, pular da janela da casa e ir ao encontro de Winnetou, chefe apache, cuja morte, ao ser anunciada no terceiro volume da coleção espanhola de Karl May dada pelo pai, provocou-me lágrimas, intenso desgosto. Por alguns dias senti-me de luto, querendo que a mãe me trajasse de negro, segundo a tradição espanhola.

Curtia dores e alegrias no papel de aventureira. Capaz de enfrentar os perigos para ter em troca o que contar. Acreditava que o relato nascia da experiência vivida pelo narrador. E que só teria autoridade narrativa se tivesse experimentado na carne façanhas e peripécias.

Com os anos, a aprendizagem verbal, as imposições estéticas, a leitura dos mestres ditaram-me as variantes literárias, a complexidade da criação. Só que, a despeito do farnel das leituras, sigo fiel às aventuras, aos meandros da língua, à geografia ficcional. Daí estar às vezes na ilha de If, compungida com a sorte de Edmond Dantès, traído pelo mundo e resgatado pelo tesouro. Ora na caverna de Ali Babá, cujo patrimônio eu substituía por mapas, relógios, esferas mágicas, por um tapete que embora roído pelos ratos do deserto transportava-me para onde quisesse.

Minha vida mudou. A cada dia sou menos a Nélida que conheci até bem pouco tempo atrás. Mas compenso a antiga ânsia de aventura por meio de *westerns*, gênero cinematográfico do meu coração. Os filmes de John Ford, conheço-os a fundo como se eu os houvesse dirigido. E ainda que viaje pelo medievo, revestida de armadura, elmo, espada, uma mera peregrina sem ilusões, já não sou Parsifal. Contento-me em vencer a pradaria montada no alazão que Winnetou me deixou de herança. Solitária, masco a carne-seca, enfrento a nevasca com as peles dos ursos-cinza.

Suspeito que aprendi o valor da solidão com os filmes do oeste que enalteciam a vida interior, a realidade perigosa. Neste cenário, a vida era breve. Ou *"la vida es sueño"*, do Calderón. Ainda hoje, falta-me a medida com que avaliar o destino do herói. Invejo o seu sentido do dever. Quisera às vezes jamais ter sido a mulher que ama o que há dentro da casa. E que, ao decidir ser escritora, renunciou à vida nas savanas, nas tundras, no deserto. A acampar, a viver em tendas varejadas pelo vento. Meu Deus, como sonho com uma vida que me converta em heroína.

Resta-me hoje sair de casa e obedecer a uma agenda pré-traçada. Felizmente, sinto-me desabrida. Aprendo muito, trago a mochila das ideias e da imaginação nas costas. De volta a casa, abro a porta, saudada pelo amor incondicional de Gravetinho, cada minuto me abastece. Assim como os amigos, cujo afeto e inteligência agradeço. A mercadoria que trago é tecida por um intraduzível mistério, mas que me encanta enquanto espero o inverno final.

Faço anotações. Ajo a esmo, como se habitasse um terreno baldio que acumula o lixo do mundo. Obrigo-me a obedecer à gratuidade do cotidiano, a dispensar frases nem sempre poéticas.

Não careço de me autodescrever. Julgo difícil distanciar-me de mim mesma só para fazer crer aos demais que além do meu rosto, já muito conhecido, tenho uma aparência pautada pelo mistério, que é o meu guia.

Devagar, teço considerações. Esboço traços de quem ainda não tem nome. O mundo é vago. Ignoro se o personagem a quem busco aflora de repente, pronto a encaixar-se no meu projeto. Para lhes dizer a verdade, não confio em mim mesma como narradora, e nem nos demais. Indago-me se a narradora, que leva meu nome, opera em favor da Nélida, ou pensa nos outros.

Pressionada pelo grau de mentiras que aplico às narrativas, apresento escusas. Justifico que tal dissecação moral faz parte do meu ofício. Não passo de uma mulher que consome horas vergada sobre o papel a pretexto de perseguir uma frase que sirva ao menos de consolo.

E porque preciso de socorro, aspiro ser um camaleão cuja mirada gira em torno de 360 graus, de modo a não lhe escapar o que está à frente e o que se esconde atrás. O bicho não aceita que a verdade tem avesso e verso.

Uma natureza assim obscura provoca-me inveja. Sendo quem sou, e não sendo este camaleão, bem posso ser a sonâmbula da ópera do Bellini. Aquela que durante a noite, sonolenta, salta do leito, caminha pelo mundo, seguindo as instruções de um inconsciente sem culpa. Que fascínio assumir um papel duplo. À luz do sol simular um comportamento que desprezo, e, à noite, liberar os demônios que emergem para realizar os sonhos mais atrevidos.

Mas, enquanto vivo, os meus dilemas persistem. Transfiro para a escritora o que a pobre sonâmbula arrecadou em suas deambulações. E o faço sem estranheza. Afinal, quem dorme em demasia corre o risco de alijar a corrente sanguínea da poesia.

Ah, como quero minha sensibilidade treinada, disposta a evitar desperdícios. Careço de ser escrava da matéria que ingressou em meu cérebro sem me pedir licença. É da escriba aproveitar o que a vida despeja em sua porta.

Embora a casa da mãe fosse austera, ela zelava pelos seus pertences. Adquirira-os com a esperança de apurar o seu gosto. Os objetos e os gestos reconciliavam-se entre si, ensinando-lhe as trilhas da beleza.

Não lhe parecia censurável defender o belo. Ou que tal defesa merecesse uma desclassificação moral. Daí enfeitar a casa, zelar pelos cristais, pela prata, pelos haveres que fora acumulando mediante sacrifício.

Tivera em vista sempre que ao renunciar a certos atavios que lhe eram caros, em troca de alguns daqueles enfeites, pensara no porvir da filha. Praticamente insinuava à família que lhe coubera transmitir a ela normas civilizadoras.

Não a via exatamente vaidosa, mas como quem cuidava do corpo enquanto apurava o espírito. Regia o cotidiano com harmonia. Aprendi com ela que a sobriedade dos seus últimos anos,

LIVRO DAS HORAS

já desinteressada dos objetos como se os houvesse abandonado, não excluía a estética.

Ao longo dos anos, a mãe me fez compreender que papel Narciso desempenhava na trajetória humana. Também a apreensão do universo grego ajudou-me a interpretar Narciso, que parecia se encontrar no cerne das manifestações da vida e da arte. Um mito visto a contemplar-se de forma apaixonada nas águas do lago, que é o seu espelho. Um cristal líquido que lhe devolvia a face renovada ao se mover. Uma superfície, propícia à autocontemplação, induzindo-o a ser copioso nos pormenores enquanto se descrevia. Para que os demais soubessem como ele se via.

Se a vaidade de Narciso é um axioma, resume igualmente o ideal da perfeição. Pois, além de refutar os que lhe censuravam os excessos, propagava, belo e impávido, um paradigma estético inalcançável para os mortais.

Talvez pensasse como não haveria de se enamorar da própria imagem, se os encantos emanados do seu corpo o surpreendiam? Sobretudo ao constatar que os habitantes de Atenas, cidade matriz, comparados a ele, não passavam de um rascunho, de um modelo inacabado, cheio de emendas estéticas. Sem esquecer que aquele povo, a circular em torno da Acrópole, estava condenado à decrepitude, enquanto ele, Narciso, mantinha a beleza imaculada, sem sinais de declínio.

Sempre soube que sua ação contemplativa era meritória, e que tal beleza identificava-se com a própria vida. Nele não havia lugar para imperfeições ou especulações sórdidas. Em seu corpo alojava-se uma luminosidade avassaladora.

Ao contemplar as águas, Narciso esteve sempre disposto a imolar-se em troca de fazer crer aos demais que seu esplendor era um regalo dos deuses. Pois, alçado à categoria de um deus, era natural que a perfeição lhe ofuscasse a razão. E por que não, se, ao resistir com galhardia ao assédio dos invejosos, via a imagem eternizada nas águas do lago?

A sua lógica jamais previu o desenlace de qualquer iniciativa narrativa.

Já fui mascate. Na década de 70, levava mochila nas costas, à guisa de armarinho. De um lado a outro ia desbravando o Brasil, vendendo palavras, a fé na escritura, na democracia, nos livros, na cultura que engendráramos.

Dormia em pensão, paga pelos estudantes. Andava com escassos pertences. Comia feijão e me empanturrava de pão, para prevenir a fome das horas seguintes. Agia como o andarilho que, solto no mundo, ignorava a que casa regressar, onde descansar. Não ganhávamos uma única moeda que nos fizesse sorrir de prazer, e que levássemos para o lar como prova do suor vertido.

Junto a outros escritores, éramos pioneiros em uma prática que se fazia corriqueira. A recompensa advinha do aplauso dos estudantes que nos remuneravam com o entusiasmo pela vida. Todos trabalhávamos de graça, vivíamos de graça, sem medir as consequências de tanta imprevidência.

Como mascates, o ofício era parcelar sonhos, vocação literária, a certeza de que em breve dias melhores cessariam as trombetas da ditadura. Além de propagar a crença literária, tornáramo-nos cruzados de uma consciência que recém-aflorara no país, após o advento da chamada revolução militar de 1964.

LIVRO DAS HORAS

Como consequência desta militância, após histórico encontro de escritores havido em Porto Alegre, alguns de nós fizemos parte da redação e da organização do Manifesto dos Intelectuais, ou o Manifesto dos Mil, o primeiro documento da sociedade civil a reclamar a oxigenação dos espaços públicos, a abolição da censura, a abertura democrática, a restauração do estado de direito, ademais de outras franquias indispensáveis ao pleno exercício da cidadania.

O documento, que atraiu mil assinaturas, foi inicialmente redigido em novembro de 1977 na casa de Laura e Cícero Sandroni, no Cosme Velho. Fiz parte íntima dele, junto a outros companheiros, quando desencadeamos o processo que está a pedir testemunhos valiosos e atentos de como ele nasceu e de como se deu seu valioso transcurso. Convém recuperar os detalhes das semanas que se seguiram após as providências iniciais.

As reuniões posteriores, já em um estágio mais avançado, decorreram na casa de Ednalva e de José Louzeiro, em Botafogo. Encontros discretos que reuniam Rubem Fonseca, Carlos Eduardo Novaes, Cícero Sandroni, e vossa servidora, ensejando a confraternização, os risos, a dramatização da realidade. Tarde da noite, forjávamos suposições sinistras, criávamos codinomes que facilitassem a comunicação entre nós. Eu, por exemplo, designada de Maria, não devia esquecer o codinome João, de José Louzeiro. Decisão que pouco serviu porque, ao telefonar apressada para Louzeiro, chamando-o de João, e apresentando-me como Maria, ele simplesmente se irritou, pensou que era trote, e desligou o telefone. O que me obrigou a chamá-lo de novo, também irritada, afirmando-lhe ser Nélida quem lhe falava.

As questões práticas exigiam uma logística minuciosa, para a qual não fôramos educados. Sobretudo arregimentar mil assinaturas em todo o Brasil, sem chamar a atenção para o movimento na iminência de eclodir. Para não permitir que o documento chegasse a Brasília, às mãos do ministro da Justiça, Armando Falcão. Em face de tais embargos, a organização, a cargo da devotada Ednalva Tavares, obedeceu a uma estratégia impecável, prevista até o desfecho, que se daria quando da entrega do documento no gabinete do Ministério da Justiça, em Brasília.

A seleção do grupo encarregado de viajar a Brasília, para dar cumprimento à referida missão, mereceu algumas considerações. Ao final, indicamos Lygia Fagundes Telles, por São Paulo, Hélio Silva, pelo Rio de Janeiro, Murilo Rubião, por Minas. No último momento, Murilo, impedido de viajar, foi substituído pelo escritor Jefferson de Andrade, igualmente valoroso. A surpresa, ocorrida no último encontro na casa dos Louzeiro, para repassarmos os detalhes finais, já contando com a presença dos que iriam a Brasília, foi quando Rubem Fonseca me apresentou a passagem aérea Rio-Brasília-Rio, uma viagem a ser efetuada em um único dia, dizendo-me, diante da minha estranheza, que fora decidido que eu, embora organizadora do manifesto, devendo portanto ser mantida à parte, também viajaria. O grupo considerou minha presença indispensável por ser capaz, entre outras razões, de enfrentar diplomaticamente o ministro, em caso de algum acidente ocorrer.

Partimos cedo para Brasília, dispostos a cumprir a tarefa. Sabedores de haver olheiros amigos em ambos os aeroportos, do Rio e da capital, em caso de sermos detidos ou impedidos de viajar. Pormenores assim que precederam a viagem, além de outros julgados indispensáveis até a entrega e a divulgação do referido documento. Uma ação que envolveu tantas iniciativas que tenho escrúpulos de avançar nas informações, sem o testemunho precioso de Rubem, Cícero, Ednalva, Louzeiro, Carlos Eduardo, o grupo de apoio, e dos demais de São Paulo, Minas, Rio Grande do Sul, e de outros estados brasileiros, essenciais na consecução do projeto hoje histórico.

Reservo-me o direito de fazer a seguinte confidência: na ida a Brasília, ao lado de Lygia, Hélio Silva e Jefferson, todos nós sem bagagem, apenas com a pasta que levava o material oficial, eu tinha na bolsa italiana, estilo mórbido, presente de Carmen Balcells, um martelo e um punhado de tachas, daquelas mais conhecidas como percevejo. Com a determinada intenção de reagir ao ministro da Justiça, caso ele, em gesto truculento, obstruísse a nossa passagem, cerrando as portas do prédio. A ideia originou-se daqueles filmes de aventura de que sempre fui apaixonada assistente. Recordei os anúncios de Robin Hood, por exemplo, e de outros libertários, afixados nas portas das catedrais para o conhecimento popular. Tendo estas cenas em mira, também eu me sentia pronta a repetir, em tempos modernos, na capital da república, aquelas ações que, nascidas em geral de reduzidos grupos, expressavam a vontade da maioria.

A entrega foi um sucesso, atestado pelas fotos, pelas entrevistas concedidas à imprensa. Os pormenores relativos à audiência, alguns registrados, cobram-me mais investigação, escavação da memória. O fato agora é que, então aliviados, já do lado de fora do ministério, um popular fotografou-nos com minha modesta máquina, fotos que guardo como um tesouro. Em seguida ao feito histórico, fomos os quatro almoçar em uma churrascaria à beira do lago de Brasília, felizes com o desfecho. Só faltava agora cumprir a última etapa, a viagem de regresso ao Rio.

A vocação do amor é amar quem está perto. Sofrer a mordida do desejo que faz o corpo arder. Saber-se vítima de uma lógica que escamoteia a verdade.

O arrebato me ronda, provoca febre, pressagia que não faz falta amar para exaltar o próximo. E que não há penalidade quando se tranca o coração para evitar amar. Afinal, vale amar a vida mesmo sem o amor de um amante.

A aventura excita-me, assim como fantasiar o abismo do outro. Sinto-me a salvo com esta cercania perigosa. Nos últimos anos, porém, sofreio o ímpeto de confessar que amo. Meu desabafo não deve ser mal acolhido. Um erro que não há como reparar.

As perguntas se sucedem, fazem-me ver a imperfeição do espetáculo humano, digno de comiseração. Mas, também, caso fora alheia aos desastres em torno, será que seguiria ansiando pela perfeição, pela transcendência?

A vida é natural. Ajustada ao corpo, sem razão se desorienta. Como quando, ao programar meu cotidiano, pareceu-me fácil amar de repente um bichinho indefeso e desamparado que tenho em casa, de nome Gravetinho. Ele é de cor de mel, porte pequeno, rechonchudo devido aos excessos que lhe concedo. Olho-o com visível devoção, como se tivesse saído incólume da arca de Noé, expressamente destinado ao meu regaço, após rebaixarem as águas do Dilúvio.

Rebelde, ele aceita-me como parte da sua existência. Não renuncia a mim, como outras pessoas o fizeram e eu a elas. Vê-lo é uma novidade que desejo eternizar na minha vida. Amedronta-me que me deixe um dia, porque não suportaria perdê-lo.

Ele é um mistério e uma certeza. Encarna mais o sentido do lar que as paredes da minha casa. Não lhe foi dado o dom da fala, mas aprovo o seu silêncio. Contudo, faço-o saber da existência da linguagem, povoada de palavras. Ajo com cautela, não o quero humilhar, insinuando que é iletrado. Mesmo porque é tão astuto quanto Ulisses que, para retornar ao lar, levou dez anos. Enquanto Gravetinho, no afã de concluir a viagem até Ítaca, ou seja, a Lagoa, levou um único dia para iniciar a definitiva empreitada de sua vida canina.

Realço-lhe as virtudes com intenso prazer. A qualquer pretexto, afugento armadilhas e cantos de sereias daninhas. Não me descuido do seu bem-estar. O perigo está em que morra sem eu poder salvá-lo. Não tenho como torná-lo imortal. Também não quero que viva muito mais após a minha morte. Ainda que algumas amigas, como Rosa, Glorinha e Karla, se tenham comprometido comigo em responder por ele. Tenho seu futuro previsto no testamento, como eu própria não previ o meu porvir. Afinal, assumi um compromisso moral que ele não sabe, mas eu sei. E hei de cumprir até o fim.

À medida que Gravetinho envelhece, também envelheço. Felizmente ele esbanja energia e eu rio quando dilacera meias, sapatos, toalhas e lenços de seda, e engole pequenos brilhantes da pulseira que Elza me regalou, herdada da mãe, Inah Tavares. Só é predatório se conta com minha presença. Aprecia que eu o repreenda, mas sem admoestá-lo em demasia.

Amo Gravetinho. Meu mote atual reduz-se em dizer: eu não estava preparada para este amor.

Sófocles e Eurípides são esfinge. Ainda assim eu os persigo e os traio com a minha peroração. Leio-os como se fosse contemporânea deles. Gosto da leitura que fizeram de seu tempo. Um teatro cujo autêntico campo de ação me modelou. Muitas vezes, graças à imaginação, sentia-me atriz, a ponto de encenar as peças destes gregos, sem definir contudo qual seria do meu agrado. Para optar ao final por *Antígona*, de cuja carne alimentamos brasileiros e estrangeiros.

Ao longo de minha formação literária, Sófocles e Eurípides abonaram minha vocação. No curso da leitura, eles iam aos poucos alterando a visão das coisas. Faziam da tragédia um bem necessário a fim de testar nossa humanidade. De que outra forma exacerbar o cotidiano em geral mesquinho? Como qualquer escritor, eles ajudaram a somar as histórias soltas no chão, com o intuito de narrar com elas o que ocorre nas aldeias do mundo, no submundo do Rio de Janeiro. Uma medida cuja banalidade sofreava um cataclismo emocional.

Com frequência questiono qual seria minha reação se me fosse dado enfrentar Creonte. Ao ser, ao menos por segundos, a heroína que elege a morte como epílogo de notável aventura humana. Ou teria simplesmente preferido encerrar-me no cenário da cozinha da casa para viver meus últimos dias?

A fatalidade que acossa Édipo é parte também da biografia de qualquer brasileiro. Ainda que a tragédia seja grega, antes de ser cristã, ela é o ápice do entendimento que tenho do próximo. É, pois, natural acrescentar Ésquilo a estes dois dramaturgos e confiar nos arrazoamentos terríveis de cada qual.

Sófocles me seduz. Autor de *Antígona*, *Édipo Rei*, *Electra*, ditou o ocaso humano. Não se vira antes na Grécia clássica peças

LIVRO DAS HORAS

com semelhante dimensão. Surgidas sob o governo de Péricles, quando se vivia sob o feitiço de certa atmosfera racionalista e afugentavam-se as noções míticas outrora associadas aos deuses.

Mas, na condição de mulher urbana, deveria ser infensa aos prognósticos divinos. No entanto, como entender o sofrimento decorrente dos excessos da paixão, chave central da tragédia de Sófocles, sem recorrer àqueles que pautam o destino humano.

Acaso a tragédia de Sófocles tinha por fim atrair mitos e divindades para o fulcro humano? Para torná-los cúmplices das nossas ações? O confronto de Antígona com Creonte rompe no entanto os limites civilizatórios e nos integra ao pensamento grego. Sem a compreensão de tais postulados incrustados na formação da cultura grega, e que nos chegaram intactos até os nossos dias, não se compreenderia um passado no qual Antígona se estriba para justificar o seu comportamento.

Não sendo assim, como esclarecer o projeto de Homero, ou de seus contemporâneos Hesíodo e Ésquilo, coroados todos pela grandeza? Ou mesmo de Eurípides, que, atraído pela vaidade da perfeição teatral, transformou a história dos Argonautas, com sua mensagem humanitária de alta significação, em um drama relativamente superficial, em que Jasão, mero navegante, algoz e vil traidor de Medeia, torna-se herói, a despeito de levar a desgraçada mulher a assassinar os próprios filhos.

Aceito as mortes que se sucedem em *Antígona*. São consequentes ao que prescreve a ação. Afinam-se com as intenções de Sófocles, que, atado à urdidura da tragédia, tecida por incontáveis fios, não deixa de cumprir os desígnios impostos. Cumprem todos os seus papéis. As mortes de Polinice, de Antígona, e a de Hemon, de Eurídice.

E que outra versão da tragédia seria plausível se houvesse Creonte aceitado os conselhos de Tirésias? Idêntica indagação estende-se às tragédias de Eurípides. Aceitaria ele outros epílogos para os seus dramas? As ocorrências que Sófocles e Eurípides relatam e que eu, na contramão da história e do tempo, aceito.

Acaso pretendo retificar os efeitos das leituras desordenadas que faço aleatoriamente? Em busca da incongruência que recusa o racionalismo imprestável em face dos dardos que minha imaginação dispara? Ou pleiteio anular a lógica prevista por uma sequência de ações? Deste modo autorizando-me a confundir nomes, épocas, apontar os heróis trágicos que, a despeito do fervor mítico dos deuses, mergulharam na atmosfera da razão. Qual deles melhor serviu à causa da invenção, da liberdade de registrar disparates.

De nada sei.

❧❧❧

Apago a luz, quero dormir. Sonolenta, dou seguidas voltas no colchão, no afã de abandonar a chamada vida consciente. Temo dar início ao livro que, antes mesmo de nascer, ameaça aniquilar-me.

Assaltada por sobressaltos seguidos de um torpor que amortece as juntas, juro não voltar a criar. Por que devo empunhar a pena, abrir o computador, domar as frases iniciais, sofrer, quando mais cômodo seria sentar-me no conforto do sofá e sorver o *bloody mary* que, em certo domingo de Teresópolis, preparei antes do almoço, para fingir estar no gramado do clube inglês, enquanto meu amigo e eu observávamos a partida de *cricket* que nada me diz.

LIVRO DAS HORAS

Insone, consulto os ponteiros do relógio sobre a mesinha de cabeceira atapetada de livros, de papéis, do pequeno anjo da guarda dourado ganho no dia do meu batizado, a salvo dos anos, e que conservo ao meu lado, sem saber a quem deixar após minha morte.

Outras madrugadas, como esta, também me fizeram sofrer. Na penumbra do quarto, estas evocações amortecem qualquer sensação de queda. Bem poderia convocar os cavaleiros da mesa redonda para que me amparem com suas narrativas arturianas.

O sol tarda em despontar e não retifica o desastre daquela noite. Só falta a aurora intrigar-me com o mundo, enquanto proclamo que sou filha do livro e da mãe, Carmen, e do pai, Lino. Da mulher cuja morte, há doze anos, liberou-me para morrer, quando me apetecesse, colocando-me na trincheira da batalha, à frente da fila. Já não conto com a parede do amor materno para obstruir a passagem da morte que virá com sua foice.

Ainda na cama, sinto a alma despovoada. Conclamo aos autores amados que me façam companhia. Sublimes aventureiros, eles semeiam palavras, desaforos, a coragem de viver. Com tal autoridade, salgam pedaços do meu corpo no ara da vida, como se eu fora um arenque. Ajudam-me a obter a indulgência da escrita.

Sou grata a estes autores vinculados ao meu alvoroço literário. Graças a eles misturo Cervantes e Karl May, o escritor alemão. E por que não? E que diferença há entre eles, se ambos despertaram em mim o apetite pelas peripécias, pela urdidura que conduz ao âmago da narrativa? Embora díspares no que diz respeito à grandeza, os segredos e os prantos os igualam. Na companhia deles, divirto-me. Cada qual me conduziu ao outro lado de uma fronteira que inexistia no início da leitura.

Viajantes da alma humana, estes senhores das lorotas guardaram intactas em sua essência as ações humanas, o inabalável instinto das aventuras. Por mérito de seus talentos, perambulei pelos quintais do mundo, pulei cercas, enfrentei cardumes de peixes, feras com lombo lustroso. E, após me ofertarem a chave com que visitar minhas próprias entranhas, instaram-me a bater sem medo à porta de qualquer anfitrião hostil.

Nenhum autor me conciliou com os limites da casa dos pais, atou-me às paredes estreitas do lar e do quintal. Empenharam-se todos em me desalojar do eixo da alma, este lugar impróprio para guardar as inquietações do mundo.

Considero-os feiticeiros que teceram para os personagens enredos que não ousaram eles próprios viver. Certamente invejaram o dom dos personagens de navegarem pelos feitos, dando-lhes rumos inesperados. Sobretudo, mais que simples, eles atribuíram às suas criaturas o que lhes faltava. A Ulisses, obrigaram a retornar a Ítaca. A D'Artagnan, acirraram os ânimos, enquanto enclausuraram Richelieu em seu gabinete onde o cardeal costumava envenenar a realidade com suas diabólicas estratégias.

No entanto, graças à persuasão da palavra e da imaginação, vindas na ponta do florete de qualquer espadachim, ultrapassei as fronteiras do real fingido, assustei-me com a marca da maldade contida na flor de lis impressa na pele alvejante de Lady Winter. Aprendi a cobrar desses exauridos heróis da escrita alívio para a pedregosa caminhada diária. Como consequência, a realidade dos reinos deste mundo entrou-me pelos olhos, fez o coração chorar. E não é assim o milagre da arte?

LIVRO DAS HORAS

Um amigo me chama, precisa me ver. Declara-se desesperado. Ao chegar na casa, ofereço-lhe o vinho português do seu agrado. Tento apaziguá-lo. Mas, sem preâmbulos, ele confessa haver sido traído pela mulher. A traição conjugal o ultraja. Padece de uma dor que o cinde ao meio, atingido pelo raio que estoura no descampado que é o coração humano.

Confessa-se vítima do adultério da mulher, que é uma outra Ana Karenina, Guinevere, Bovary, Capitu segundo Bentinho. Enfileira os nomes com estranho gozo. Diz que pior que a traição é quando quem trai já não disfarça o delito. Ao contrário, mostra-se indiferente ao sofrimento do parceiro. Aceita que o fastio, que a acomete ao largo da insidiosa traição, irrompa quarto adentro, onde está o esposo, mediante a evocação das refinadas volúpias que o novo amor lhe acendeu.

Sinto-me impotente, como socorrê-lo? Talvez atenue sua desilusão assegurando-lhe que há de esquecê-la um dia. Falo-lhe com convicção por suspeitar que traição não é tanto ir para a cama com um estranho, mas já não mais amar quem fora até então o parceiro de vida.

Faço-lhe outras ofertas, que belisque um queijo cortado em cubos. É prudente que lhe respeite a sorte, ora ingrata. Ainda assim, na tentativa de imergi-lo nas analogias históricas, evoco Alcione, a mulher recatada que, séculos distante de nós, imune à droga da modernidade dos sentimentos, descobre haver traído o marido amado contra a própria vontade.

Constato amargura no rosto do amigo, que se traduz em súbito interesse. Disseco-lhe o tema, falo-lhe da adúltera Alcione, esposa de Ceix que, deitada na cama, com os olhos cerrados, aproveita-se da ausência do marido para desfrutar quem sabe de

39

desenvoltas fantasias. Quando, neste estado de semivigília, sentiu ternos afagos vindos de mãos que lhe percorriam o dorso de forma familiar, sem disfarçar, no entanto, uma ansiedade própria dos amantes que se encontram pela primeira vez.

Feliz e grata, a mulher abriu os olhos. Lá estava o marido de volta a casa dias antes do previsto. Apaixonada pelo homem, não lhe ocorreu perguntar a Ceix a razão de haver interrompido a viagem. Celebrou-lhe a presença com ímpeto amoroso, sem suspeitar que, a despeito da espantosa semelhança com o marido, não tinha Ceix ao seu lado, mas o endiabrado Morfeu, único deus do panteão grego com a maligna propriedade de assumir a forma de homem ou de mulher, sempre que lhe aprouvesse.

Além da habilidade de roubar a aparência de Ceix, e amar sua mulher como se fora o próprio, Morfeu chegava ao capricho de copiar o andar viril do marido, de reproduzir as rugas do rosto, de imitar-lhe os lamentos de alegria como os de tristeza. Tanto que, ao falar com Alcione, em meio às arrebatadoras carícias, usava do timbre e das palavras do esposo como se os houvesse pedido emprestados. Era tão perfeita a sua imitação que parecia haver se homiziado no centro do coração de Ceix.

Até que, de repente, um gesto seu, imperceptível descuido da parte de Morfeu, desnorteou Alcione. Como se a conduta do homem ao seu lado a quisesse convencer que se enganara. Não era Ceix quem a abraçava, mas um estranho. Desesperada, não sabia como explicar o fenômeno de amar uma criatura em tudo idêntica ao marido, e de repente parecer-lhe um intruso. Perante o qual não sabia como repudiar o estranho que a possuíra deixando-lhe marcas no corpo. Havia não somente que desmascará-lo, mas provar ao marido a sua inocência. Carecia de dizer-lhe que

LIVRO DAS HORAS

Morfeu, metamorfoseado em sua figura, eletrizara-lhe o corpo, injetara-lhe a febre do desejo, antes de sucumbir ao prazer.

E estava neste dilema, quando o marido chega interrompendo a cena. Ao ouvi-la, mal crê na sua desdita. Sobretudo porque ambos sempre acreditaram em uma felicidade conjugal inalcançável aos comuns dos mortais, e que só um deus teria o privilégio de viver.

Alcione se amaldiçoa. Não sabe enfrentar o marido prostrado diante do leito, sem reação. Ela se esforça por lhe provar que fora vítima das formas enganosas de Morfeu, nascidas do jogo das aparências que induzem ao equívoco. Não era certo que, a despeito desta suposta verdade, tudo poderia ser mentira? E que o episódio em pauta não contava, só o amor que lhe professava?

Seguiu enumerando os pormenores do fatídico encontro, sempre voltando ao início da história como se não soubesse dar-lhe um fim. A pensar em que momento o marido a abraçaria dando prova de confiar em suas palavras. Mas, quanto mais ela aguardava a compreensão do cônjuge, mais ele se retraía como se lhe houvessem amputado os braços na guerra.

Ambos travavam uma batalha que não sabiam como vencer ou superar. Era Alcione inocente ou deixara de amá-lo? Poderia o marido voltar a eletrizar a carne da mulher como o fizera Morfeu?

O amigo ouvia-me querendo extrair uma lição da história. Apurava os haveres na tentativa de se salvar. O que eu lhe contava fazia de Alcione uma personagem instigante, fiel ao marido. Contrária à sua, que amava a traição, mais que ao amante.

Sorvia o vinho resignado. Parecia purgar a dor enquanto me fazia perguntas. Sua história e a que eu lhe relatara iam aos poucos se enlaçando. Alcione e a sua mulher se fundiam. Como se a partir daquele instante só a imaginação não nos traísse.

A cada dia aprendo a perder as pequenas utopias e os ideais indomáveis. Não lamento viver sem eles. Sinto-me mais leve sem o fardo que representam. É impossível servir aos deuses e a mim mesma.

Além do mais, perder bens que julgávamos eternos significa estarmos aptos a adquirir no futuro haveres que só a fantasia enxerga. É como destilar a solidão que é vida também.

Enquanto escrevo, resigno-me em dissolver as ideias que nunca foram minhas. Por que padecer pelo que não sei contar? Ou desesperar-me pela narrativa que viceja alhures e aguardar que algum adorno estético da história me transfigure de repente?

Afinal, o fracasso literário é didático, impõe a criação de um outro acervo constituído de experiências, lamúrias, segredos, reavaliações. Uma técnica com a qual a vida ensina a que se reabilite no futuro um livro previamente condenado.

Acaso ocorre o mesmo com o amor e a morte, sempre iminentes?

❧

As viagens, na infância, deram-me asas. Até a ida a Niterói, para tirar retrato e visitar as primas de minha mãe, ganhava transcendência. E me emocionava em especial a ida a São Lourenço, sul de Minas, em cada verão, a convite do avô Daniel.

O trem, parado na plataforma, à espera dos passageiros, parecia-me o cavalo de Troia. Antes de tomar assento no vagão que a família reservara, eu me inquietava. Mas tão logo nos instalávamos nas poltronas acomodando maletas, as cestas de piquenique, enfim o patrimônio familiar, eu agia como se a vida, a partir da viagem, me transformasse, já não regressaria incólume à casa de Botafogo.

O coração, ao ouvir o apito da locomotiva, oscilava entre a felicidade de viver a fantasia da viagem e o medo de perder o pai que teimava em saltar nas estações antigas, de paredes descascadas, a percorrer a plataforma à procura dos vendedores cujos tabuleiros exibiam pastel de vento, empada de galinha, doce de leite, só regressando ao vagão com o trem em movimento.

Agarrada à janela, aos gritos, eu pedia que o pai retornasse antes do trem dar partida sem ele. A intuição, então, parecia assoprar-me que tão cedo não o perderia, ainda que, muito antes do previsto, anos depois, deixaria a casa para sempre.

Destemido, a exibir habilidade de atleta nas categorias de natação, voleibol, remo, com várias medalhas no peito, o pai retornava ao assento para me ofertar, após vencer tantos obstáculos, o troféu do seu amor, constituído de mimos mineiros.

Embora há muito o pai tenha partido, amigos me presenteiam com doces e salgados. Bethy, por exemplo, amiga generosa, me supre com delícias do mundo. Sobretudo com os pastéis, de que é mestra, recheados com o queijo da Canastra, que reputa, junto com pão de queijo, como uma das excelências da culinária do mundo, e que Gravetinho ousou desprezar.

O pai, ao morrer, legou-me símbolos que exprimiram seu apetite pela vida. Talvez, a esta lembrança, no início do meu primeiro romance, *Guia-Mapa de Gabriel Arcanjo*, escrito em Friburgo, na casa alugada pela tia Maíta e minha mãe, a personagem Mariela diz a frase que antecipou o meu percurso:

— Tenho apetite de almas.

Filiada a este mote, aceito encargos como se apostasse na imortalidade, ou desconhecesse as razões de sair às vezes de casa sem rumo. A pretexto talvez de pagar contas, de cumprir dever literário, de assegurar presença no banquete ilusório da vida. Como resultado desta dispersão, dou cursos, entrevistas, preparo artigos, livros, discursos, participo de atos para os quais não fui inicialmente adestrada. O que me leva a indagar para quem falo? Se estou sendo o papagaio da ilustração, do século XVIII, quando, de verdade, aspiro tão somente ser uma escriba que ronda a vida e a morte.

Aliás, ao palestrar em público, ganho veracidade maior que na intimidade do lar. Desvelo segredos, aspectos inusitados, carbonizo-me. Só não aceito que me façam perguntas inoportunas ou me obriguem a confessar o que é exclusivo da minha seara.

São vários os temas, então, que expressam minhas inquietações. A visão da arte, os ditames estéticos, os deveres morais, a precária cidadania, o enigma da criação, a metafísica da linguagem, e deus sabe mais o quê. Acautelo-me, porém, nestas apresentações. Ciente de que as palavras, nascidas de corrente vulcânica, envenenam e salvam, corrompem a vontade do interlocutor e do ouvinte, colocam em risco a vida de ambos. Quem me escuta pode bem regressar a casa adulterando o que falei. Neste caso, o que fazer?

Em público, tendo a ser exuberante. Enamorada das palavras, elas vão além dos meus desejos. Já que a literatura é a mãe das vicissitudes e sua matriz remonta ao início do mundo. Mas, sendo ela tudo que sei e o que ignoro, uma página, de repente, com sílabas, significados e lágrimas, liberta a mim e ao leitor. As emoções que circulam pelo livro equivalem ao *Magnificat*, de Bach, que é um conjunto de sons que apreende o fado da morte.

Assim a literatura, após a morte do autor, deixa atrás como legado os esboços de cenas vividas.

É o que sinto.

Habituei-me a sofrer dos demais uma avaliação estética que redunda em perdas, em desmoralização pessoal. Embora ignore quem julga os textos, além dos críticos, dos leitores, dos brasileiros. E de que instrumentos e armas estéticas dispõem para me julgar hoje e no passado. E por que exibem prazer em gerar tensão e decretar o fim do próximo.

Qualquer um se sente autorizado a me escrutinar, a cravar-me na cruz romana com espinhos em vez de pregos. A alastrar pelos corredores e pelas ruas que esta mulher, do oitavo andar, merece condenação por ousar escrever, publicar, por resistir a tudo após anos de provação.

Qualquer vizinho, que reside em alguma rua que se chama Brasil, arrota um saber que pretende macular minha reputação de escritora, destronar-me da poltrona da minha sala de visita, onde leio, escuto música, cercada pelas manifestações do meu universo.

Não sei que vozes têm, se desafinam ou não. O gozo de me seviciar, porém, é evidente. Querem à força afugentar o leitor que se aventure a me ler. Esgrimindo uma estética rústica contra mim, solapam meus livros.

Não tenho como me defender e nem quero. Não exercerei este direito. Não me lanço à arena cristã. A vida que escolhi é incompatível com a humilhação de me defender. Só o faria se estivesse em pauta a minha honra, que não é o caso. A estética importa-me nada. Limita-me a fazer como Ulisses, que se ata no mastro do barco e põe cera no ouvido para passar à margem da comunidade literária. Mas, a despeito de tais cuidados, há vozes que me convocam a desistir, a reconhecer que a literatura é mero capricho na minha existência.

Conquanto o vizinho aja como adversário, não o considero como tal. Meu único inimigo é a escrita que, fugidia, não se deixa apreender. Escapa-me e vou ao seu encalço, sem fazer concessões em troca de qualquer moeda. Mas com que direito me silenciam, reprovam o amor que professo à literatura, tentando arrancar do coração da escriba a maior razão para viver?

Mas, caso me auscultassem, se arrependeriam. Veriam inscrita na pele do meu corpo uma cornucópia a despejar a poesia das palavras.

⁘

Ando pela casa. O percurso é curto. Sei por onde vou. Esbarro no meu universo, cimentado no chão, para nada voar, sair pela janela. Por onde caminhe, não estou nos bosques de Viena, a rodopiar com um estranho ao som de Strauss, como o fiz anos atrás.

A emoção, no entanto, é o pão diário. Vou ao seu encalço à cata do prazer prestes a desabrochar. E, na casa ainda, avento a hipótese de Deus me interrogar, esquecido de que sou uma consciência soberana, livre do Seu arbítrio.

Afinal, o meu Deus acomoda-se na estante do meu escritório que dá de cara para as águas da lagoa, como se tivesse a aparência de um livro cuja lombada não consigo ler. Deve me julgar negligente nos temas transcendentes, que lhe dizem respeito.

LIVRO DAS HORAS

Mas Ele não me perturba e, além do mais, pouco me importa o que dizem Dele nos púlpitos, sob a abóbada das igrejas. Só não desejo que seja comigo um predador, ou prive-me da emoção que emana de algum pormenor inusitado.

Sei que os anos são ingratos, nos roubam o mel das palavras, dos gestos, o que constitui emoção. Mas não aceito que me privem dos bons sobressaltos. Mas, caso a emoção me falte, estou decidida a retirar às pressas da bolsa o talão de cheques, e pagar o que for para trazê-la de volta. Basta mínimo sinal de apatia e logo deposito no pires da vida a moeda de ouro que me devolva emoção. Pois desfalcar-me dos sobressaltos seria estar sujeita ao opróbrio público.

Não permito que o coração desajustado proclame que já não há em mim um sentimento cálido, que ninguém mais me convide para tomar no boteco da esquina um café com broa de milho. Resigno-me, sim, em saber que me considerem praticamente morta e que me teçam elogios falsamente realistas. Mesmo que me tornem vítima dos vazios que ocorrem após uma existência plena, em que devorei tudo que se movia. Mas não aceito que os anos restantes signifiquem viver como gata borralheira no fundo da cozinha, que perdeu aos poucos dentes e sorrisos. Antes passar rasteira no mundo e antecipar meu fim.

Enquanto aguardo, incluo-me entre os sobreviventes que ouvem o *Réquiem* de Mozart, devotam-se ao simples ato de descascar uma batata de casca lavada. É um refrigério pelar o tubérculo em cuja superfície marcaria pétalas, frutas, traços a esmo que recordem uma igreja românica dos Pireneus. Recompensa-me estender sobre a bancada da cozinha cascas que embaralho como um jogo de cartas. Como se me fosse dada a fantasia de ser levada pelo tapete voador. Sorrio, mas até quando?

Quebro o jejum matinal assediada por Gravetinho, que não me deixa em paz. Persegue-me, arranha o braço direito sem piedade, ao reclamar o seu repasto. Graças a tal virulência, o braço leva marcas de suas unhas. Sorrio, porém, quando vejo os arranhões à luz do sol. Os demais devem cogitar serem mordidas provenientes de um amor que expressa assim o seu desejo desapiedado.

A argúcia de Gravetinho me surpreende. Concentra-se no olhar que reage a mínimo gesto meu. Em especial quando retiro, cautelosa, a tampa da queijeira onde se acomodam os queijos do seu agrado. Reage, dando saltos com as pernas finas de bailarino, ou de rã, que pula do charco a reclamar o seu quinhão, o que lhe é devido. E, como se não bastasse a virulência, avança em minha direção, impedindo-me de erguer a xícara de café. Rendida e apaixonada, recompenso-lhe a mirada profunda e inteligente com pedaços do queijo que corto aos poucos enquanto aperfeiçoo-lhe o paladar apresentando-lhe outros queijos além do Minas. Ele exulta e não me agradece. Só mais tarde, recolhido ao meu quarto, onde espera que eu o siga para ler os jornais, oferta-me uma lambidinha ocasional.

Após a leitura dos jornais, ajeito as agruras do cotidiano. Encerro-me no escritório, que é prisão e mar. A arte de criar, por onde singro, impõe-me temor e incertezas. Aguarda os assuntos secretos do cérebro, o seu comando. Há, contudo, naturalidade na minha aflição. Cada sentença comporta acertos e desacertos, traz um milagre em seu bojo. Espécie de epifania que não sei a quem devo.

Com a arte literária incrustada nas vísceras, esqueço as injunções ingratas do mercado. Iludo-me com a convicção de que a invenção, a meu serviço, compromete-me. Resisto ao assédio do mal e da vulgaridade contemporâneos. Consolo-me em guardar fidelidade à escritura.

Constato que envelhecer não me leva a renunciar ao privilégio da arte. Porque, mesmo sendo secundária a arte que subscrevo, a vida perdoa quem sou. Só não pensem que minha criação esteja a serviço de uma estratégia narrativa vergonhosa. Quando muito, ela padece de um fracasso estético, do lastro que lanço ao mar.

❧

Ao pé do fogo da sala em Teresópolis, as silhuetas, criadas pelas chamas projetadas nas paredes, fogem ao meu abraço mortal. Recordo a caverna de Altamira, cujo imaginário das sombras pintadas conclama que nos originamos de uma espécie que já na sua gênese guardava a marca do gênio. As figuras, na casa de Teresópolis, ou em Altamira, são as mesmas que inquietaram os meus ancestrais e ora dizem quem sou após milênios.

O calor do ambiente afaga o meu rosto, enquanto o vinho tinto, refletido no cristal do copo, provoca efeito apaixonante nas minhas veias. Mas não me impede de pensar que, havendo o homem do passado saído para caçar, não regressou até agora com a presa que alimenta os indefesos. Não aprendeu a arte simbólica de salgar a carne e com ela saciar os famintos, os inocentes.

Amanheço na cidade serrana e, após o delicioso café da manhã, leio os jornais. Habito ainda um país sob a égide da ditadura, nada mudou. Pergunto-me se não terá chegado o momento,

NÉLIDA PIÑON

após tantos meses de solidão, tentando terminar meu romance, de descer a serra, de despedir-me da casa de cuja construção ocupei-me pessoalmente. Praticamente morando no pequeno fusca estacionado diante do terreno, eu administrava as compras de material, o andamento da obra, instruía os operários, refazia partes do projeto que ameaçaram falhar na prática. O carro tornara-se um escritório ambulante que a despeito do espaço exíguo funcionava a contento.

Habituei-me àquela residência sobre quatro rodas. No banco da frente, eu dispus o livro de caixa, os recibos, o *Dicionário Aurélio*, a máquina de escrever, os utensílios de escritório. Nos intervalos da obra, com o horário de almoço dos operários, eu avançava no meu primeiro livro de contos, *Tempo das frutas*, que terminei enquanto construía a referida casa.

Agora, porém, em seguida ao recolhimento forçado em Teresópolis, e havendo terminado a quarta versão do romance *Tebas do meu coração*, convinha regressar ao Rio de Janeiro, superar o desgosto causado pelo período militar, que fora motivo para meu afastamento da cidade.

A estadia em Teresópolis, que tardou nove meses sem interrupção, representou um afastamento do país, embora me mantivesse nos limites fronteiriços. Um modesto exílio em que, trancafiada na casa construída pelo meu sonho, cheirava a mata, ouvia os ruídos da língua, ia à *matinée* para assistir a filmes de categoria duvidosa, mas que me distendiam.

Retornar ao "país", que deixara com a intenção de salvaguardar o meu ser, significaria integrar-me de novo à cultura carioca. A uma civilização que tendia a resistir às intempéries, a carnavalizar a realidade. De minha parte, perante o regime que dilatara sua duração no poder, queimando a ilusão de várias gerações, eu consolara-me com a literatura. Como os demais, humilhados e ofendidos, fui parte da manada, do rebanho, do cardume, da colmeia, do conjunto de vacas e bois extenuados que mastigavam a erva sob o cáustico brilho do sol.

Despedi-me de Teresópolis disposta a empreender a viagem de retorno, tendo João, o caseiro há anos comigo, a me acompanhar. Ambos obedecíamos a um ritual simbólico. Enquanto ele sorria, recomendei-lhe, caso houvesse um acidente na estrada, e fosse eu atingida, salvasse primeiro os originais do romance trazidos em seu colo.

Na estrada, observando o Dedo de Deus, avaliei os meses difíceis, mas produtivos. Privei-me de alegrias e de afetos. Mas contava agora com o livro. E, tão pronto chegasse à cidade, retomaria o cotidiano como se não tivesse me distanciado. Entre outras tarefas, além de refazer os elos do convívio diário com a mãe, com os amores, pensei visitar Tiazinha, no Alto da Boa Vista. Mas a caminho de sua casa, na Usina, evitaria a rua Barão de Mesquita. Nem de longe pretendia olhar as masmorras da Tijuca, onde se instalara o quartel-general dedicado a torturar, a matar brasileiros.

Nesta volta ao lar, estava decidida, na medida das minhas forças, a não desprezar o que arfa, vive, requer cuidados. A defender a raça humana que me trouxe ao mundo.

A imaginação é razão de viver. Aciona a voracidade e não tem fim. É um tapete que estendo ao longo da escalinata romana a pretexto de chegar às portas do Hades.

Espécie de caixa que enfeixa segredos, sacia a fome, cede pedaços da matéria capaz de me salvar. São côdeas de pão, pedaços de vidro, bilhete amarfanhado, tudo que não renega a origem humana.

Desde a infância exagero em prol de um mundo nítido, transparente. Apelo para certos exercícios a fim de que a voragem da invenção me dê alento. É um processo sem interrupções. Já ao primeiro gole de café, intuo haver uma fórmula que, graças à sua combustão natural, aqueça a imaginação, pague o suor coletivo com as moedas ganhas no jogo de azar.

Atraio os tesouros para casa sempre que refuto as versões oficiais. Pois que, disposta a ajustar-me ao fracasso, ato-me ao penhasco à espera dos pássaros que biquem o meu fígado.

Sou quem depende das franquias alheias para viver, que são as crueldades e as maravilhas inerentes à loucura humana. Claro que tal condição afeta os efeitos da realidade no meu cotidiano. Acato, porém, este transbordamento que me leva a atravessar a fronteira moral que Dante estabeleceu para punir amigos e adversários.

A qualquer hora, em especial ao cair da noite, sou propensa ao uso da imaginação. É fácil enxergar os Campos Elísios, mais belos do que eu supunha, com a mirada emprestada por Virgílio, ou pelo próprio Eneias, em busca do pai, Anchises. Mas logo o caos da minha linguagem desfaz a visão do Hades. Sofro o golpe, mas consola-me saber que qualquer ornamento insignificante da minha casa perpetua a memória minha e dos que já se foram. Sobra-me, ainda, a ilusão de que súbita crença tem o poder de impulsionar-me a abandonar o outro inferno, que o ilustre florentino concebeu. De olhar, a salvo, o firmamento povoado de estrelas e quimeras.

Certo amigo tinha o espírito de marinheiro. Navegava até em terra firme. Conheceu a paixão canibal que se alimentava da ira, do enigma humano, da carne feminina, da intensa luxúria.

Certo sábado, enquanto eu imergia na aventura de viver, ele morreu de repente, sem avisos. Não quis acreditar. Ele era para mim um carvalho em cuja sombra vivi instantes perturbadores.

Éramos poucos no velório. Vendo-o inerte, chorei discreta, eu que o amei no passado. Ali estava o homem, outrora belo, deixando o nome pela metade na lápide de mármore em obediência à sua vontade. Até para os amigos escondia o sobrenome do pai, que eu soube graças a um amigo comum que o conheceu menino, de visita à fazenda materna.

Tive sorte de cruzar meu destino com o dele. E, por me saber discreta, transferiu-me pedaços alongados da sua história. Nunca um enredo por inteiro, com início e desfecho, que também não existe. Não pude atar os pedaços de sua biografia com as mãos, como a um feixe de lenha. A certa altura, atraída pelo seu mistério, cogitei de fazê-lo personagem. Desisti, temi abusar de sua confiança.

Já nos últimos anos, quando raramente nos víamos, e morava em Santa Teresa, ele olhou-me fundo, acariciou-me o rosto, evitando, porém, meus lábios. De forma monossílaba, dizia-me que ambos envelhecêramos. Seu mutismo devia-se talvez a descrer do valor das palavras, que lhe pareciam insidiosas e nada significavam. Segundo comentário ouvido no cemitério, o silêncio para ele valia mais que o astuto discurso de Marco Antônio fingindo prantear a Júlio César.

Ao morrer, na própria casa, sem descendência, sem amor a lhe segurar a mão, fez discreto gesto, além de ditar escassas palavras que a caseira, havia muitos anos com ele, associou ao arrependimento, sem justificar, porém, sua conclusão. Um patrão de natureza autoritária a quem ela estimava.

Não creio na versão fantasiosa da caseira. Prefiro supor que, ao pressentir a morte, ele afundou no silêncio, perdendo o gosto pelo convívio que gera o verbo. Que razão teria de recuperar a precisão verbal na hora da morte, se a existência lhe parecia provisória, sem mérito para merecer evocação?

Os segredos, que eventualmente guardara, ficaram para trás. Não havia como reproduzi-los. Tudo nele se calara para sempre. A menos que eu o use um dia como testemunha da catástrofe verbal que ora assola o mundo. Mas, caso volte a falar dele, prometo deixar intacta a lembrança dos seus olhos verdes que outrora me olhavam como comovente tocha ardente.

⚜

A mania de todos é fazer perguntas. Em geral banais, elas preenchem o vazio das conversações. Como se houvesse um consenso que proíba, a quem seja, ser profundo, já que a densidade incomoda. Enquanto a superficialidade, fadada ao ocaso, prolonga a tertúlia.

Quando me indagam de que serve a língua, além de estar a serviço da frivolidade, adianto aos borbotões que sem o verbo não há vida. E, estimulada pelas falsas lisonjas, confirmo que o pensamento, desde o paleolítico, prenunciava a fala.

Com tal alusão, tentava expressar o advento da vontade humana, o mistério do nosso ser. E acaso não é extraordinário reconhecer que a língua, ao tangenciar as armadilhas do cotidiano, lança-nos ao precipício dos sentimentos, roça a existência desde a manjedoura? E, já pela manhã, amalgama os destroços humanos por meio das primeiras palavras pronunciadas?

A língua, afinal, é a salvaguarda das instituições humanas. De lastro heroico, ela recapitula a memória, resiste às intempéries. Pronta a esbravejar: decifre-me, renda-se ao verbo.

Bruno Tolentino indaga-me se é forçoso mentir. Suas perguntas, em sequência, são bem acolhidas, mas me acautelo. O que diga não esclarecerá quem sou. Evoluo na resposta e asseguro-lhe que a mentira humilha. E algumas delas abrigam lobos, enigmas, trevas.

Ele realça a minha serenidade. Discordo e confesso-me à mercê das paixões, dos delitos que nos espreitam ameaçando infernizar nossos últimos anos de vida.

Como poeta, Bruno tem como avaliar a paisagem degradada pelo falso apreço humano. E que nos conduz a desconfiar da sorte humana diante de um Deus indiferente à misericórdia.

Admito ser vítima das incertezas. A despeito de aspirar a caridade paulina, o absurdo ocupa o meu epicentro, libera-me para excessos e atos libertários.

Bruno trafega por paragens sofisticadas, cisma em saber se dou esmolas, se protejo os mendigos concentrados nas esquinas. Cobra-me um discurso ideológico, que me manifeste contrária à ajuda instantânea a quem carece de socorro. Mas ele se engana, basta o anônimo esticar a mão para eu lhe preencher com comida a cárie dos dentes.

Quer enveredar pela minha história pessoal. Cerro fileira, o meu feudo é secreto. Questiona-me se estaria disposta a revisar a vida, ganhar nova versão. À sua provocação, recomponho símbolos que se refugiam na área do coração. Recordo experiências de que me arrependo. Ao contrário da canção de Piaf, a vida é pautada pelos arrependimentos. Diante de tal inevitabilidade, apego-me aos valores centrados no humor, na gentileza, na bondade, na perspicácia. Approprio-me das máscaras ainda disponíveis que me multiplicariam em mil. Afirmo-lhe que, caso pudesse, removeria do gene humano o furor, a violência, o requinte patológico, a indiferença.

Dedilha os dedos na mesa. Será sinal de irritação? Sempre foi amoroso comigo e sabe que reprovo desvios de conduta à guisa de estrelismo. Mais tranquilo, quer saber em que circunstância eu legitimaria o uso da força.

Penso no instinto anárquico e atávico da raça humana que enaltece a vingança. E que, sob as bênçãos de teologias radicais, gera reações em cadeia, atos propícios à guerra, ao holocausto, ao desterro. Mas o que dizer a Bruno, que conheci quando jovem e nos reuníamos na minha casa e na dos amigos, e nos abastecíamos de sanduíches?

Foi belo na juventude, brilhante e atrevido. O espírito atilado e a habilidade verbal afugentavam os passageiros do cotidiano venal. Uma fúria que ainda persiste. Mas, por conta deste passado, indaga-me o que faria só por dinheiro. Desconcerta-me e enumero razões aceitáveis, que não corromperiam a pena da escritora, que não é vil.

O questionário estava prestes a se encerrar e Bruno contra-ataca:

— E o que não faria de modo algum ?

— Nada que golpeie o sagrado, a honra, os princípios — respondi, rápida.

— E o que faria de graça?

Tendo a me exaurir diante da inutilidade das coisas. Quando isto ocorre, recolho-me ao lar. Meu ser reage mal perante o adversário inescrupuloso, que me julga negligente, disposta a lhe oferecer a outra face.

Bem sabe Bruno que em nome da amizade não esmoreço. Dou-me inteira.

— O que o amor, a caridade e a honra me pedirem. Mais ainda.

— E a traição, é aceitável?

A traição amarga a vida. Como esquecer a mão que desferiu o golpe florentino. O que fazer? Apagar o nome do traidor, viver como se não o houvesse conhecido.

Olha-me agora como no passado. Já não pisa no terreno ambíguo e escorregadio dos sentimentos. Voltou a me querer bem. E, ao indagar sobre o valor da palavra empenhada, admito que as promessas, com teor litúrgico, valem como a própria vida. Não considero que os fins justificam os meios.

Quanto a saber se a razão é boa conselheira, replico ser arrogante. Antes da razão lhe minar, bata à porta do coração arcaico que há milênios nos persegue. Mediante certos acertos, promova a aventura da intuição, que é o saber atualizado.

Desejo encerrar o questionário para falarmos do passado, de Clarice Lispector e Marly de Oliveira. Quando as três íamos visitá-lo no sítio, em Jacarepaguá, onde criava galinhas. Na horta, colhíamos frutas, legumes, ovos, enxotávamos as moscas. No alpendre, saboreávamos o café e as rosquinhas. Na hora do almoço, a comida mineira, que vinha à mesa, era de boa cepa. Ríamos e sentíamo-nos jovens e eternos, na iminência de adquirir um amadurecimento que inevitavelmente envenenaria o nosso futuro.

Mas ele insta-me a confessar se a coerência é virtude ou defeito. Sem se surpreender quando prevejo que a desordem da mente não é sanada pela coerência, mas pela invenção, pela revogação de valores inesperados.

O poeta insiste: e o que lhe causa ódio? As palavras irrompem, falam da minha repulsa pelo estupro, pela tortura, pela crueldade que anula os traços humanos.

E, dissuadindo-o de prosseguir, menciono-lhe a sua poesia, o bilhete carinhoso que me encaminhou dias antes. Ele aceita o desfecho da entrevista, e eu enalteço seus olhos em chama, as gratas memórias. Em especial agora que Clarice, Marly, ele já nos deixaram. Sou a única sobrevivente e choro.

⚜

Aprendo a amar. Uma arte difícil, nenhuma norma me orienta. Às vezes, abro o coração e despejo flores e dejetos na vida do outro. Sem medir as consequências, mitigo a sede alheia, esquecida de beber as impurezas do próprio copo.

O amor, porém, é o arauto de Shakespeare que transmite as palavras do rei esperando serem um dia suas. Palavras originárias dos poemas lidos e das páginas romanescas. De algum autor que, ao fabular a urdidura amorosa, enlaçando paixão e conflitos, passou a fazer parte de uma literatura que se eternizava.

O amor anuncia a sua chegada. Ao adentrar pela sala povoada de observadores, elege a quem amar. Um milagre que, quando opera, o coração se incendeia, ama sem limites. Diferente de mim que, havendo vivido tantos amores, fecha agora as comportas, foge do amor carnívoro e das armadilhas que atraem bichos e ingênuos. No entanto, preservo na prateleira da memória o que valeu a pena amar. Sei, porém, que o passado amoroso já não me pertence. A minha própria biografia golpeia-me, leva-me a equívocos, a negligenciar o amor, a empalidecer a matéria cromática que enaltece os sentimentos e o verbo. Acaso terei aptidão para querer bem?

Debruçada na janela, o escuro da noite despoja-me dos haveres. Mas não me assusto. Anseio por liberar-me das obrigações, da falsa polidez, do peso dos objetos. A solidão, que a noite acentua, é a minha salvaguarda.

Sorvo o vinho rubro da taça, que combina com o sangue. Ouço música, as emoções afloram. Transbordo, retraio. A vida me exalta e não sei como cuidar dela.

❦

Converso com Carmen, interlocutora permanente. As palavras fluem entre nós, dispensam transcendência ou tópicos avassaladores. Com ela prolongo as noites, até percebê-la sonolenta. Após tão grato convívio, sigo para o segundo andar da casa de Santa Fé, a de Lérida, não a de Monsenny.

No café da manhã, no primeiro andar, vemos o pomar, o jardim, e o infinito que me transporta para o medievo, de que não fiz parte. Mencionamos fatos que serviram de pano de fundo para memórias felizes.

De forma despretensiosa, desenvolvemos uma narrativa que não se esgota há quarenta anos. Confesso-lhe meus temores, que me assusta cada vez mais a ferocidade da arte, de que faço parte. Com artistas que formam uma falange que se compraz em conferir à arte uma objetividade sem anteparo criador, da qual jorra sangue, insensibilidade. Uma estética que, ao realçar o cotidiano do mal, profana o humano, faz-me obsoleta.

Como reação a estes argumentos patológicos, cancelo as exibições em que a violência ganhou transcendência na criação contemporânea, tornou-se protagonista, desconsidera as controvérsias profundas.

Em Santa Fé, enquanto Carmen e convidados repousam após o almoço, refugio-me no quarto, cujas sombras propiciam uma auréola de mistério. As paredes, revestidas de quadros, guardam espaço para eu dependurar as vinhetas da imaginação. Naqueles limites, familiarizo-me com sentimentos que, germinados espontaneamente, incorporam-se às excrescências do universo, a um hipotético baile regido pelas notas musicais de Mozart.

Minha natureza aparentemente conciliatória empenha-se em combater a vaidade, apontada pelo Eclesiastes. Relembro o ancião romano que, agachado no interior da biga, atua como o arauto encarregado de convencer o herói, recém-chegado da batalha, e aclamado pela multidão, a recordar sua condição de mortal.

Em Santa Fé, durante a última refeição, surpreendi no olhar do visitante um lampejo de arrebato dirigido à jovem presente. Mas, ao se ver observado, desviou a mirada, abstraindo-se do ocorrido. Notei-o triste, como que a esbravejar comigo. Não me perdoa porque, graças à minha mirada, o veneno do desejo já não lhe irriga o coração de esperança.

A chuva é benéfica. Da janela observo o jardim sob a dádiva das águas. Sinto que sou eu quem faz vicejar os tomates, as batatas, as ervilhas e as doses de sonho.

Minhas entranhas são dramáticas, ressentem-se da opacidade alheia. Para não dar um passo em falso, socorro-me da escritura que dita regras do bom viver. Com elas na algibeira, sou levada pelas botas de sete léguas para onde seja.

Em recente viagem ao Nordeste, na varanda de uma chácara, observei a mulher de meia-idade, de tez morena, os cabelos trançados, a entreter-se com o bordado. Com a cabeça pendida sobre o bastidor, ela mal me cumprimentou, limitando-se a usar a arte da agulha e dos fios coloridos como quem escreve um poema.

Abstraída da realidade, seus rictos faciais expressavam perplexidade. Ao menos eu, naquela manhã sonolenta de junho, longe do lar, atribuía-lhe um enredo faustoso, talvez romanesco. Julguei que a designaram, desde a infância, a bordar e alimentar a família com o suor dos dedos espetados pela agulha cruel. Com este dever em mira, asseava-se após o sol se levantar. Tomava café forte, bolacha guardada na lata, dando início ao dia fingindo ser feliz. E, a despeito de temer que o tédio do cotidiano lhe injetasse veneno nas veias, produzia com a ira guardada do dia anterior.

Enquanto ouvia os anfitriões a me falarem, eu não perdia de vista a mirada da mulher posta no bordado iniciado na semana anterior e que já ia adiantado. À sua maneira, ela reproduzia no pano a versão de certa história ouvida dos homens da casa.

O sol avançava paredes adentro e aceitei o suco de caju. Quanto a ela, sem abandonar a labuta, buscara na varanda o recanto da sombra. Com sua licença, eu seguia de perto as figuras coloridas que sofriam alterações ditadas pelos transtornos de sua arte de bordadeira. E ainda que não fosse ela jovem, a agulha, em suas mãos, agilizava-se a ponto de me transferir o seu latente desejo de fugir da casa e nunca mais regressar. E prova do meu acerto era o ardor que emanava dos dedos em movimento, como se as mesmas mãos que empunhavam a agulha também lhe explorassem o sexo na calada da noite.

Súbito, detectei na mulher uma ânsia de poesia. Estava prestes a derrubar os muros da casa, a descascar a alma como se fora uma pinha. Em tal aventura, que lhe extraía energia, ia fixando no bastidor um retrato parecido ao destronado Pedro II, indiferente aos demais que, reunidos na casa, deleitavam-se com as intrigas da capital.

O bordado não privilegiava personagens. As mulheres e homens se igualavam, ainda que, particularmente ela, se sentisse injustiçada. Crença que registrei ao final da visita, ao me mostrar um bordado tendo como enredo damas com trajes de seda farfalhante e cavalheiros com perucas e condecorações. Personagens que assistiam à missa agrupados no balcão do segundo andar da igreja do Outeiro da Glória.

Intuí haver nela uma razão para prosseguir. E embora desconhecesse sua aventura pessoal, o mistério da mulher concentrava-se no lado esquerdo do bordado, onde havia, encostado na cortina, um unicórnio tão melancólico quanto mítico. Súbito, ela abandonou o bordado de Pedro II e recolheu aos seus pés o outro bastidor, que exibia o rosto de Getúlio Vargas com o charuto na

LIVRO DAS HORAS

boca. No lado esquerdo do bordado, chamou-me a atenção a miniatura de Lampião de óculos. Cada detalhe obtido com a maestria que os sonhos lhe insuflavam.

Meses depois, de volta ao Nordeste, fui à chácara. Dedicava-se a mulher agora a fazer doces. Levava ao forno uma torta infiltrada de essências orientais que haviam viajado mais que ela. Mas, dando mostras de se opor a uma penúria interior, redigia receitas com letra apaixonada e maneirismo literário. Talvez aspirasse a ser desejada com o mesmo tremor e a sensação de delícia que uma obra de arte provoca. Pronta a esclarecer, a quem a amasse, ser sua pretensão participar da poética da realidade, dos dias convulsos, em que o amor imolava os incautos no altar da paixão.

Já não lhe bastava estar presente na vida através da perpetuação da espécie, da placidez do lar. O que lhe ocorria, sem a família intuir, era inaudito, não tinha nome. Igual ao que sentira o artista diante da iminência de criar. Espécie de agonia que, ao lutar por sair do cárcere da alma, experimentava o frenesi dos pássaros em revoada. Mas seria esta ardência no corpo a manifestação inicial da arte?

Nada lhe disse, temi assustá-la. Mas, de repente, de moto próprio, sozinhas as duas, ela sussurrou que, devido à precária educação, mal balbuciando o acervo de uma língua, sentia-se estrangeira no mundo, ainda que no leito, na solidão do quarto, após servir ao marido, esfregasse na carne o generoso óleo das palavras.

Na varanda, indaguei com que sonhava. Os olhos, fixos no horizonte, me haviam deixado. Só muito depois admitiu ser forçoso descobrir o denso mistério que cerca a criação humana, de que fazia parte. Sorri e ela também.

Jamais procurei um escritor no meu período de formação. Sabia onde moravam, mas respeitava-lhes a carne e os ossos. Preferia-os distantes de mim, da imaginação que seus livros me suscitavam.

Fora Amoroso Lima, vizinho da rua Dona Mariana, a quem via em certas manhãs a caminho da missa da igreja Santo Inácio, em Botafogo, e a Rachel de Queiroz, que me recebeu em casa uma única vez após ler os originais do meu primeiro livro, *Guia-Mapa de Gabriel Arcanjo*, os autores eram meus antípodas, habitavam uma geografia inacessível. Só em 1961, às vésperas da publicação do primeiro romance, acerquei-me deles, quando iniciei amizade com Clarice Lispector e Maria Alice Barroso, ambas tão generosas comigo.

Meus sentimentos variavam. Estimava-os, mas não estava certa de querer conhecê-los. Receava que suas personalidades contrariassem o que seus livros me diziam. Assim, recuava, embora tentada a lhes escrever. Não lhes dando, pois, a oportunidade de agirem comigo como esperava deles.

Não justifico esta desconfiança. Por que supô-los infensos à minha alma, se em seus textos frequentavam os meandros do ser. Com méritos para corrigir meus defeitos, e mesmo forçar-me a abandonar o ofício das letras, para o qual não seria dotada. Em troca propondo-me eles a arte lírica, que parecia ser do meu agrado. Quem sabe postular ser Renata Tebaldi, cujos pianíssimos ecoavam nos palcos do mundo.

À época, como mera espectadora, frequentava as aulas de *ballet*. Via Márcia Haydée agarrada à barra, como se sua vida de-

LIVRO DAS HORAS

pendesse dos exercícios árduos que Vaslav Veltchek, mestre que se refugiara no Brasil em razão da guerra, impunha-lhe. Como que preparando-a para o estrelato que lhe veio mais tarde.

No estúdio, que o professor me franqueara, eu aprendia os passos de uma coreografia de tocante beleza. Esforçava-me em reter a sequência de passos como se pretendesse ser bailarina. Os movimentos me pareciam familiares de tanto vê-los no palco do Teatro Municipal.

Agia como se viesse a ser bailarina. Para tanto, comprava os livros de autores célebres, como Noverre, Cyril Beaumont, Arnold Haskell, que me municiavam com informações indispensáveis para a minha formação. Eu dançava com a cabeça, enquanto escrevia com a pequena máquina Hermes. Apegada aos gestos advindos dos corpos dos bailarinos que me transportavam para um universo do qual resistia em sair.

Tal paixão inquietava a mãe, preocupada em ver-me vinculada a sentimento tão intenso que parecia reduzir de importância as demais formas de existência. Indagou-me, então, quando esgotaria aquele arrebato, referindo-se, em conjunto, ao *ballet*, à ópera, ao teatro, à música, que, com a aquiescência dos pais, me levava a frequentar o Teatro Municipal de duas a três vezes por semana.

De fato, a mãe pretendia saber que força interior motivava a filha a se devotar a tantos ramos do saber e da criação, enquanto proclamava sua fidelidade à literatura. Sabendo, de antemão, que de nada serviria calar-me o coração, ou expulsar-me do recinto que me impregnava com os mistérios cifrados de Delfos.

Ao longo da vida, evitei respostas que a pudessem ofender, que significassem sua dispensa da vida e do ofício, de que ela era parte. Fazia-a ver que a arte era um pilar sem o qual a terra me tragaria. E lhe disse: nunca, e ela sorriu, como se previsse a resposta que revelava os rumos da filha.

A vida do palco alimentava meu imaginário, fortalecia a literatura incipiente. Sabiam todos que, a despeito da devoção pelas artes, pleiteava a escritura. Acreditava, como ainda hoje, que a realidade, ausente do palco e das páginas literárias, é tênue e insossa. Só os livros, e os dramas vividos no palco, voltam-se para a tragédia que mancha de sangue as ruas e os descampados.

Por questões familiares, frequentei, menina ainda, o auditório da Rádio Nacional, na praça Mauá. Cauby Peixoto, sob o delírio popular, ingressava no palco carregado igual ao Radamés, da *Aída*. Enquanto a plateia, emocionada com Emilinha Borba e Marlene, chorava como eu ao ouvir Callas e Tebaldi. Embora mundos antagônicos, a rádio e a lírica, eles se igualavam na liberação dos sentimentos intensos. E acaso a ópera não se afinaria com os clamores provindos do auditório da Rádio Nacional? Não legitimava aquelas ações que o bom gosto social teima em interditar? Sempre a pretexto da crença, de falso teor, de compartimentar os sentimentos segundo categorias sociais e culturais altamente hierarquizadas.

Nestas excursões teatrais, acumulei segredos, experiências eróticas, apaixonei-me, passei trotes em nome alheio, escrevi cartas. Ouvia, sem querer, os sussurros suplicantes do vizinho de poltrona que, absorto no próprio ser, padecia de um estertor provindo talvez do medo da morte.

Pertencia a um grupo de baletômanos, que se reunia com frequência. Vera Favilla, Abi Detcher, Fernando Mello Viana, Dalal Achcar. Tínhamos dois endereços, a própria casa e o Teatro Municipal. E participava ainda de um outro grupo constituído de amantes da ópera. Escravos da voz humana que os cantores encarnavam, alcançávamos o paroxismo ao ouvi-los. Entre nós predominavam os tebaldinos que, seduzidos pelos pianíssimos da diva, exultaram diante da próxima apresentação do *Oratório de Santa Cecília,* de Respighi, cantado por Renata Tebaldi.

Havia que celebrar a ocasião. Decidimos enviar-lhe uma carta que enaltecesse nossa devoção pelas suas excelências vocais. Indicada para a tarefa, eu temia os resultados. As anotações se empilhavam sobre a mesa, indicando a minha precariedade literária. Como cumprir uma missão que entoasse loas ao oratório e a Tebaldi ao mesmo tempo? Após adotar um tom elegíaco, os colegas aprovaram o documento que deixamos no seu hotel.

Após a apresentação de *Santa Cecília*, extenuados pela intensidade dos sentimentos, fomos ao camarim cumprimentar a cantora. Ao nos ver, abraçou-nos efusiva, demonstrando apreço pela carta que jurou guardar entre seus pertences valiosos. Insistiu em conhecer o seu autor. Indicada pelos amigos, regalou-me um retrato de grande porte onde registrava emocionadas palavras de agradecimento.

Nestas excursões, conheci artistas eruditos e populares, nomes famosos da Rádio Nacional e do Teatro Municipal. Na área popular, nada se igualava ao *Trem da Alegria,* a que assistia no teatro Carlos Gomes, perto da praça Tiradentes, financiado pela famosa sapataria Cedofeita, cuja fonética me encantava.

Lamartine Babo, Iara Salles, Hebert de Bôscoli, conhecidos como o Trio de Osso, dada a magreza dos animadores, exaltava o público. Do trio exalava uma brasilidade que me comovia. Ao vê-los, sentia-me um funâmbulo que, com escassos meios, representava nos picadeiros brasileiros em troca de moedas, ovos, feijão, uma galinha. Esfuziantes de esperança, eles não me deixavam esquecer que o Brasil era minha pátria.

Precursores de inusitadas práticas humorísticas, o trio interpretava a realidade através do ridículo que denunciava. Espécie de palhaços que despertavam lágrimas e risos, como Abelardo Barbosa, o Chacrinha, fez mais tarde. Aquele trio, que ameaçava desabar pela magreza, repartia entre o público valiosas doses da psique brasileira.

Ainda hoje, quando me dirijo à praça Tiradentes, por muito tempo ruína urbana, evoco o *Trem da Alegria* a pregar regras cujo espírito indômito estimulava-me a não aceitar que me domassem. Pois que, a partir deles, recolhendo as migalhas despretensiosas de sua estética, passei a valorizar manifestações cuja modéstia, expressando idiossincrasias, tinha o destino da grandeza.

Naquele período tão grato, eu acolhia a voz dos palhaços que em seus circos de lona furada, de leões sem dentes, eram reis que ousaram escolher a vida que melhor os perturbasse. Acolhia seus secretos suspiros, filtrava a arte advinda daqueles lares ambulantes, miseráveis, desalojados dos salões, mas que me diziam ser mister proclamar o que faltava ao Brasil.

Ia aprendendo, e lentamente, que país me seria dado no futuro, se fosse capaz de me sentar nos bancos de uma praça do interior, vendo o povo passar, a matutar, à espera da maria-fumaça, do trem que se deteria na estação decrépita, para me levar até o coração do Brasil.

A despeito de lapsos de memória, naturais em quem se excedeu na vida, aqueles foram anos especiais para a minha formação. Fruía facilmente dos sentimentos à flor da pele. Sobretudo quando me ofertavam o bolo de milho com o café recém-passado. O repasto com gosto de Brasil. E falavam o português que eu amava, sem entender muitas vezes a razão da existência do verbo.

O que sei, porém, é que havia dado início a uma jornada que só terminará com a minha morte.

Orgulho-me de um ofício que fixa no papel as emoções propensas a se perderem. E que, para tal fim, vai à caça do ouro, da côdea de pão.

Nas trilhas deste ofício, desde cedo cismei com Simbad. O vaidoso marinheiro que capitaneava o barco de velas enfunadas e cuja valentia singrava os mares a despeito dos tufões, das correntes malditas, dos peixes alados.

Na proa do barco, de visita às ilhas do mundo, ancorava em qualquer porto, mesmo que lhe fosse adverso, e onde nativos e estrangeiros faziam amor com as mulheres que ele cobiçava.

A vocação de Simbad para narrar chamava-me a atenção. A partir do ancoradouro, com a intenção de enriquecer seus racontos, recolhia com o anzol as turbulências humanas.

Emulava a vida com a invenção. Mentia por gosto. Suas mentiras, dotadas de encanto, não agravavam a honra de quem o ouvia. Satisfeito, ele passava ao largo da punição, desde que seu alto teor de fabulação inspirasse respeito. Já que naquelas sociedades não se coibia a mentira nascida da imaginação incandescente.

O marinheiro acreditava que as palavras careciam de feição moral. Mentir e intrigar não lhe corroía o caráter. Ao contrário, ao afirmar que vira cardumes jogando-se na proa do barco com o corpo metade peixe e metade mulher, ele simplesmente ampliava o acervo da vida.

Eu pensava o que devia haver com o áspero coração humano, para Simbad agir assim. Acaso conviria aprender com ele a manter a história em curso tendo em vista alcançar o epílogo? Afinal, ia entendendo, através do marinheiro, que, conquanto a arte não fosse a síntese do mundo, era âncora e bússola.

O destino bate-me à porta ao menos cinco vezes só pelo gosto de se fazer lembrar. Ameaça-me, se não lhe interpreto o enigma. Espera que acolha seu mistério e cumpra seus desígnios. Mas como antecipar suas exigências, acaso ir ao oráculo de Dodona para que adivinhe a minha sorte?

Clarice e eu tínhamos o hábito de ir ao subúrbio, ao Delfos carioca, onde alguma cartomante jogava cartas sobre a mesa coberta de toalha de plástico, com o propósito de decifrar nossas vidas. Um programa promissor que nos garantia benesses e um amor eterno.

Para tal visita, da qual adviria um contrato com a felicidade, Clarice se aprontava como se fora a uma cerimônia nupcial. Punha fé nas palavras que adivinhavam a rotação do mundo. Também eu, em menor grau, sucumbia ao inexplicável feitiço.

Com os anos, porém, enquanto Clarice seguia recorrendo às cartomantes, em especial a Nadir, eu me afastava de um ritual que excedia a minha compreensão. Já me bastavam os enigmas que procediam da criação literária e que tanto me pesavam.

Acompanhei Clarice em algumas destas jornadas. Após as consultas, nos entretínhamos em algum bar, tomando café ou coca-cola. A conversa girando em torno das previsões de Nadir. Os temas variavam, tinham às vezes um caráter transcendente. Atraíam-nos os tropeços de uma humanidade inconformada com seu destino terreal.

Havia muito Clarice manifestava interesse pelo Novo Testamento, sobretudo pela pessoa do Cristo, um advento em sua vida. Parecia-nos que Jesus teria condições de salvar os homens. E, em certa ocasião, discorrendo sobre o cristianismo, ela confessou que, se não fora judia, escolheria ser cristã.

Na década de 60, presenteou-me com um quadro intitulado *Madeira Feita Cruz*, que pintou em homenagem a romance meu datado de 1963. Na tela, três figuras penduradas na cruz, com Cristo ao centro, ladeado pelos dois ladrões. Comoveu-me o gesto, de que ela tratou de reduzir importância. Éramos ambas cerimoniosas, mas com contínuas provas de afeto.

Tenho-o em minha casa e a pintura esmaeceu com os anos. Ao passar por ele no corredor, entristeço-me com sua morte. Clarice me faz falta, dói-me falar nela. Sua amizade me fez crescer.

Após sua morte, recusei-me durante anos a prestar testemunho sobre ela, embora constate os equívocos biográficos cometidos sobre esta genial escritora. Particularmente relativos à mãe que, segundo versão recente do brilhante biógrafo Benjamim Moser, teria sido violada, deste ato brutal advindo a terrível doença que a levou à morte quando Clarice tinha 9 anos de idade, já instalados no Recife. Um fato que me inquieta, desejosa de saber através de quem obteve ele tal dramática confidência. Acaso de Elisa Lispector, escritora de talento, falecida no ano de 1989, a quem conheci? Uma mulher severa, circunspeta e que terá sofrido por não lhe haverem reconhecido o talento que se julgava concentrado na irmã caçula. Incapaz ela, a meu juízo, de transbordamento, de ceder intimidade a quem fosse. E menos ainda deixar alguma pista que revelasse afinal o segredo dolorido da família. Ou se originou de Tânia, que morreu em 2007, com a idade de 92 anos? De todos os modos, estranho que alguém da família afinal tenha exposto ao público uma possível verdade resguardada durante décadas.

Após a morte de Clarice Lispector na manhã do dia 9 de dezembro de 1977, véspera de seu aniversário, no Hospital da Lagoa, estando presentes Elisa e Tânia, o filho Paulo e a nora Ilana, além de Olga Borelli e eu, Olga chamou-me à parte. O tom grave convocava-me a falarmos com a família sobre delicado tema. Segundo ela, Clarice manifestara-lhe desejo de ser enterrada como cristã, assim dando prova de sua conversão.

Custei a recuperar-me. Resistia a suscitar semelhante problema em momento tão delicado, quando lhe seria dada sepultura. Firme, exigi silêncio a respeito, o assunto devia ficar entre nós. Argumentei ainda que, se de fato Clarice pretendesse sepultura e cerimônia cristãs, teria registrado sua vontade em algum documento válido.

Prevaleceu meu conselho. O assunto não voltou à baila, ao menos de minha parte. E só o comento agora por me parecer historicamente oportuno revelar facetas de Clarice Lispector que já não podem afligir a seus familiares que, sempre elegantes e dignos, compareceram contritos à missa da ressurreição que Olga e eu oferecemos na igreja do Leme, sete dias após sua morte.

A propósito das cartomantes, dias antes de falecer no Hospital dos Servidores Públicos, da Lagoa, para onde fora trasladada em novembro de 1977, após ser operada no Hospital São Sebastião,

Clarice quis discutir as linhas do seu futuro. Caía a tarde quando, simulando distração e pondo-me à prova, indagou-me sobre a natureza da sua enfermidade, que ela desconhecia por completo.

— Não me lembro da Nadir referir-se a esta operação, ou a minha doença, na última consulta. Acaso previu e não me quis dizer?

Ainda hoje a cena me fere. Guardo os detalhes, Clarice deitada, os olhos ainda vivazes, certa de que eu jamais a esqueceria e que ao longo de anos, ao pronunciar seu nome, respeitaria os pormenores da sua intimidade.

Já nas últimas horas, em estado de coma, com Olga segurando-lhe a mão direita, e eu a esquerda, levantava-me para lhe falar como se ela me ouvisse. Ambas cumpríamos os desígnios de um destino que me desorientou ao ceifar a ela primeiro que a mim.

Na parede do meu lar, e da minha memória, repousa o quadro pintado por Clarice. A tela, com evidente temática cristã, camufla uma verdade latente em cada pincelada. Acaso ao expressar Olga Borelli o que Clarice não ousara admitir para si mesma, estaria ela deixando aflorar a última verdade da grande escritora?

Nem Clarice quisera responder e eu menos ainda.

Converso com Deus em português, assim como Carlos V, do Sacro Império, admitia falar com o Senhor em espanhol. Língua que só veio a aprender ao desembarcar na Espanha no ano de 1515, à idade de 15 anos, para assumir o trono espanhol que, de fato, pertencia à mãe, Juana, acusada de louca e encarcerada no castelo de Tordesilhas.

No idioma luso, acolho impropérios e expressões de amor. Nesta língua aprendi que a complexidade e o mistério da realidade subsistem mediante o uso pleno do léxico. E que, ao pensar em português, o mundo melhor se ordena a fim de facilitar meu trânsito por suas vias secretas.

Com que gozo, ao longo dos anos, pulei a cerca para entrar no quarto alheio que deixou a porta aberta pensando em mim na língua comum. Quando nos confidenciávamos fingindo que comprometiam o futuro em nome do amor. Também nesta língua o padre me perdoou os pecados antes de eu completar 20 anos.

Cada palavra que usei ao longo da existência traiu-me, enalteceu-me, deslumbrou-me como se eu fora Camões. Mesmo quando burlava com seres e personagens, o retorno que a língua me dava me redimia. A paisagem lírica ou dramática, que me ensejava, sempre me turvou os sentidos. Não sei se de alegria ou de melancolia, esta herdada dos portugueses. Também não sei se é mais fácil mentir com ela ou tecer os elogios que podem ser confundidos com bajulação.

E o que mais pensar que se faz com esta língua? Claro que falar com Deus, como Carlos V. De maneira que não O assuste e que Seu silêncio não me perturbe, me roube o ânimo de viver e de pecar.

Aguardo alguns minutos, mas Deus não me responde. É do Seu feitio distinguir os eleitos, os que têm vocação para a santidade, que não é o meu caso. Compreendo a Sua estratégia. Também eu, em menor dimensão, sou dotada de pequenas táticas. Alguém que, sujeita à ruptura das normas, traduz a ordem caótica dos sentimentos como pode, sempre com o idioma luso.

É com esta língua amada que enfrento os nós da criação que pratico na calada da noite. E me dou conta, altaneira e orgulhosa, que esta língua garante-me o ofício, fez de mim uma escritora.

Só me resta, então, no crepúsculo ou no anoitecer, inclinar a cabeça em reverência e agradecer comovida.

Quisera ser um poeta errante que sabia de cor os poemas de Homero. E que, ao peregrinar pelos rincões gregos, recolhia histórias que aos poucos ia deformando.

Diferente dele, eu venceria ao volante os picos da terra, decidida a extorquir da narrativa de Homero a matéria que me abastecesse. Limitando-me a guardar modestos fragmentos ouvidos no bar da esquina, de alguém que os esquecera de amealhar.

Não sendo eu um aedo, tenho-lhe inveja. Desde a adolescência sonhava com os goliardos medievais, equivalentes aos aedos, que perambulavam pela Europa a pé, sem pouso e destino, levando nas costas a poesia e escassos pertences. Se fora um deles, aprenderia a reforçar aspectos da memória para nenhum detalhe me escapar no futuro. Cruzaria os Pireneus, a caminho de Finisterre, limite geográfico conhecido, impregnada pelos dissabores e os delírios humanos, em busca da simbiose entre poesia e raconto.

Como um goliardo, vagabundo em andrajos, separaria com o cajado o trigo do joio para efeito narrativo. Destemida, arrancaria da terra o nabo que me saciasse a fome. A pobreza me deixaria livre para ouvir palavras em desuso, simples fragmentos verbais, esperando encontrar no porão de uma aldeia perdida no topo da montanha migalhas de Homero que alguns poetas da memória, filhos dos aedos do passado, espalharam como estrume. Sobras que estes ancestrais se esqueceram de incluir na *Ilíada* e na *Odisseia*.

Há muito roubo da fala do vizinho, sentado no banco da praça, histórias que ele murmura sem desconfiar que a escriba Nélida está à espreita. Grata ela pela circunstância que o motivou a escolher a praça pública como cenário de suas confidências.

Usar o mote alheio não invalida o livro que escrevo. A tarefa da escriba é fazer com que o cidadão brasileiro, ou de qualquer recanto, narre sua vida sem intermediação estética, sem rubrica, sem acabamento refinado. De forma que as pepitas brutas e ambíguas de qualquer existência se transfiram para o papel sem o filtro da mentira e da indiferença. A vida, como se apresenta, é matéria que golpeia a sensibilidade humana.

Imagino os aedos e os goliardos de outrora aflitos à procura de sucessores. Também indago, falando de herança, quem responderá pelos nossos ossos calcinados? Quem, na defesa de Homero e Mozart, se oporá à barbárie, com o intuito de preservar a civilização?

Presencio o decorrer dos anos e instalo-me na casa. No aconchego do lar, o verbo é contundente ou lírico, segundo o que eu decida. Pergunto que planeta consome as forças coletivas e tarda em resolver questões mínimas. Mas, embora seja eu um falso aedo, não me distancio da guerra de Troia e do retorno de Ulisses a Ítaca.

O sol atinge o portal da casa. Sorvo o café sem pressa. Na sala, sobre a mesa simbólica, espalham-se papéis, frutas, legu-

LIVRO DAS HORAS

mes, vitualhas, restos de um festim comum na casa, e pouco me importo. Prevejo que em breve serão devorados pelas traças.

O tempo escoa rápido. Não tenho como atrasar ou adiantar o meu destino. Embora capitaneie certas emoções, um sobressalto me vence. Tem o nome de quem amei. Sozinha na casa, ninguém testemunha este instante em que a vida me chega com gosto de escarro, tal a sua violência. Revivo os braços que outrora me arranharam com ternura e lanço-me ao desassossego. Renasço por momentos.

Os raios solares banham o chão, os objetos, devolvem-me a uma ordem misteriosa. O corpo se compraz com o efeito solar equivalente ao ardor do pecado. Reage como se fizesse amor. Sorrio, agradecida. O sol, no entanto, inescrupuloso, indiferente à minha sorte, cobra-me parte dos lucros obtidos na véspera. Só porque sou parte do rebanho que se bate contra a teologia do bem e do mal que aceita lendas, narrativas, ou um simples pastel de carne. Cientes de sermos criaturas desorientadas, sujeitas às matrizes arcaicas, talvez de Creta, adoradores do sol.

O repasto é sagrado. Comeremos cozido ao estilo da aldeia de onde a família procede. Dentro do caldeirão, carnes, legumes, batatas, embutidos, além de grão-de-bico e uma galinha inteira, sem esquecer a pelota de milho. Com tal reverência, compenso os mitos que se extinguem e eu vou junto. Que pena. E que diferença faz deixar como legado o pedregulho recolhido em certo trecho da muralha da China?

Evoco Camus, cuja frase recrimina apostar no absurdo, quando são tantos os universos que abastecem a alma. A sentença acompanha-me. Acaso as palavras lhe vieram da mãe espanhola? Os convivas abraçam-me na expectativa de sentarmo-nos à mesa, prestes a dividir o faustoso cozido. Enquanto aceito que a desordem benéfica, destituída de método e rigor, explore meus sentimentos e ideias.

Medeia é volátil, me escapa. Não sei quem é. O que a levou a matar os dois filhos que ama. Falo com a serva, que havia muito a seguia. Cuidava do seu corpo e do seu espírito, recolhia as lágrimas, mas não lhe aplacava a ira.

Cedo-lhe a palavra e o trono narrativo, é mister que a serviçal fale. Confesse o que houve por trás das cortinas, sob os lençóis. Mas a ama não me convence. Ela também faz parte de um jogo cênico que me deslumbra e aterroriza.

Conjeturo sobre a origem de Medeia. Na hora de matar os filhos, ela é arcaica, emergiu do submundo. Terá se debatido entre duas visões do universo, enquanto sucumbe ao modelo do mal, da brutalidade. De extração bárbara, ou melhor, estrangeira, o que lhe acrescentar? Mas quem a designou de bárbara? Acaso a sociedade grega, o marido, ou a noção que tinha ela da própria gênese que assim a classifica. Talvez o olhar de Jasão, guerreiro de índole vencedor, a despreze por lhe faltar o selo grego? Esquecido de que a mulher é tida como filha de um sol que lhe carboniza a alma.

Há dramático antagonismo entre o casal. Ela, bárbara, e ele, grego. De educação superior, pertencente ao centro do poder, ele usa pretextos brilhantes, sofismas, para abandoná-la. Como fazer para ela entender as razões apresentadas pelo homem?

Jasão se esquece que Medeia, segundo Eurípides, não recorre à ordem dos deuses olímpicos. Diferente do homem, que se lança com seus Argonautas nos mares sombrios em busca do velocino, prêmio destinado a gente da sua estirpe. Daí o teatrólogo dizer que ela, ao contestar a tradição, como que esvazia a tragédia da sua embriaguez natural. Isto é, a tragédia grega, como a conhecemos. Razão talvez para ela transbordar a taça do vinagre e bebê-lo na própria ação criminosa. Quem a excede no absurdo? Quem pode arrancar os aplausos do horror?

O argumento é maciço. Incontestável. A meu juízo, como que opera em favor da mulher. Faz com que Medeia obedeça ao estatuto do sagrado, segundo Sófocles. Mas um sagrado que é seu, chancelado pela barbárie.

Cada grego que a descreve obedece a rituais recônditos, que não ensejam o lampejo da verdade. O que está em curso é a batalha travada entre o helenismo e a barbárie, representados por Jasão e Medeia.

Neste debate, alguns apelam ao caráter apolíneo que governa parte da nostalgia grega. Da farsa de todos os tempos. Da nossa fraude contemporânea, que resiste ao assédio dos séculos.

O escritor é um mistério. Amealha mentiras e doutrinas capciosas. Faz crer aos demais que sua caneta o torna um herói. Pobre de quem acredita no futuro radioso da arte.

Com tal convicção, ele faz das palavras gato e sapato, dá-lhe surras. Galga o Himalaia a serviço da narrativa, indiferente a que a neve lhe congele as falanges. Só lhe importam o cume da montanha e a glória.

A pretexto de articular a linguagem, empilha palavras na laje do edifício onde mora e compra sardinhas enlatadas, temendo precisar delas no futuro. Não confia nos leitores que, tidos como adversários, estão prontos a esquecê-lo e lançá-lo à miséria.

Da sua máquina de escrever Hermes, saltam sons e rãs e a narrativa cresce. Ao mastigar o feijão adiciona água para render. Assim tem a ilusão de absorver o espinafre do Popeye e doses de quimera. Mas desconfia que não passa de mero dono de uma fileira de palavras que mal exprimem o mistério presente em sua obra. Palavras que pouco valem em uma sociedade afásica, que não escuta o que lhe dizem.

Observo o Corcovado da janela, tido como cartão de visita do Rio de Janeiro. A frase é banal e não a quero apagar. Escuto Beethoven que se dizia surdo, mas que não creio ouvindo-lhe as maravilhas. Inspirada em sua grandeza, constato o desgoverno que nos governa.

Traço no papel os sinais da aventura da paixão que é de todos, ungida pelo imaginário que nos amamentou desde o berço. Mas não me equivoco quanto às manifestações da vida que são diabólicas. E sei também que o poema não existe, só a intenção de compô-lo no futuro.

Suspeito às vezes que a criação é daninha, gravita em torno de um eixo inexistente. Tem falsetes e notas desafinadas. Mas prossigo, dou vida à escrita, que é bem maior. Só aspiro salvar-me.

Retorno a certas noites de Natal. Dezembro me ampara nas trilhas da memória. Cercam-me os rostos familiares que sorvem o vinho indicado pelo avô. Unidos, apreciamos o bacalhau preparado à maneira da ilha de Arosa, que a mãe aprendeu com a madrinha Teresa, e ainda o polvo batido contra o tanque para lhe abrandar os tentáculos, que são oito. Ambos pratos banhados em azeite, com alho, pimentão-doce e a melancolia da grei.

Aprendi cedo não ser o Brasil o único lar da família. Havendo procedido de Cotobade, restava-lhe, após anos de ausência, prantear nas datas festivas as terras cuja ausência doía-lhe.

Ganhava presentes dos avós e dos tios. Entre eles, os almanaques, publicados a cada ano, eram os preferidos. Em meio às brincadeiras, eu detectava nos avós Amada e Daniel uma carência resultante da perda da pátria esmaecida no horizonte. Como se lhes faltassem no pátio da casa, construída pelo avô, as notas musicais oriundas da gaita de fole que cruzava o céu das aldeias galegas.

Cedo, medira a importância deles em minha vida. Eles pareciam eternos, incapazes de me abandonar no futuro. Contaria sempre com seu amparo para crescer sólida, senhora da pródiga memória que iam eles aos poucos me transferindo. Via neles, antes mesmo de conhecer Cotobade, as aldeias que abandonaram para tentar a vida na América. Eu já começava a intuir a dor de perder uma pátria mesmo quando se ganhou em troca o Brasil e uma família. Como esperar que, na velhice, apartassem de suas vidas os vestígios de Cotobade?

A cartografia galega, que eles me descreviam, parecia-me abstrata. Mal entendia que as linhas de um mapa correspondessem a um local ocupado por gente que sangrava no leito do cotidiano, sofrera as agruras da guerra civil. E que, enfastiados com a exiguidade de suas terras, se expandissem pelo mundo. Não podia acreditar que simples relevo desenhado no papel confirmasse para eles, prestes a emigrar, a existência do Brasil.

No transcurso do projeto emigratório, os galegos estabele-ceram-se nas Américas, às margens do Atlântico Sul e Norte. De Cuba a Buenos Aires. O fantasma do exílio, ao alastrar-se, insta-lara-se ao redor da mesa da casa do avô, em Vila Isabel.

A terra do pai, Galícia, complacente com a minha ignorân-cia, nutria minhas quimeras. Locupletava-se de longe com as ho-menagens que lhe prestávamos sempre que lhe mencionávamos o nome durante as refeições. Eu mesma, confusa diante de tantas designações, indagava o quanto esta origem me afetava.

Não recordo que critério adotava para responsabilizar Galí-cia ou Europa pelas falhas existentes na América. Se as carências civilizadoras do continente americano deviam ser creditadas à Europa como um todo. Se havia, nestes europeus, uma matéria vergonhosa a merecer, de antemão, o perdão das Américas. E em que medida o continente europeu, sozinho, responderia pe-las mazelas americanas. E se, por havermos herdado sua refinada cultura e crueldade, seguíamos sendo parte de seus despojos.

Pelo fato de ser mestiça, eu fazia desta Europa uma terra igualmente mestiça. Estranhando que o continente europeu, en-tretido com a própria glória, houvesse desenvolvido um jogo de dissimulação e de equívocos, só para afiançar sua presença no bairro de Vila Isabel.

O que criticava não era despropositado, mas constituía um elogio. Não era certo que a Europa me ajudara a nascer, falara-me dos gregos, do Mediterrâneo, do Oriente Médio, dos deuses, do monoteísmo? Não fora a Europa que me encaminhara a Home-ro, Cervantes, Dante, Shakespeare? E ajudara-me a amar Velás-quez, Vermeer, e graças à quai, sentada na escrivaninha, ainda em Botafogo, a fazer os deveres da escola, ouvia no rádio Mozart,

LIVRO DAS HORAS

Beethoven, Wagner, Verdi? Um caleidoscópio que ainda hoje propicia meu trânsito pelas artes?

No verão, ao lado do pai, no Parque das Águas, em São Lourenço, levava comigo esta entidade intitulada Europa. Ao contornarmos o lago cercado de bambuzal cerrado, o pai falava-me do continente do outro lado do mar. Fazia-me crer que em breve me levaria a conhecer Borela, a aldeia que descrevia com veemência, enquanto questionava em voz alta a razão de haver sido expulso de suas fronteiras. Mas por que o pai abandonara a segurança da pátria em troca do Brasil? Por que eu, sua filha, me sentia acometida pelo germe do sobressalto?

Nas temporadas no sul de Minas, descobria aos poucos o que me fazia falta. Apurava o sentir e o gosto sob forma das compotas, dos doces vindos em caixetas, da manteiga Miramar, da canja de galinha, das águas da fonte Vichy, dos novos amigos, dos livros que o pai me emprestava.

A cada dia visitava o Pavilhão, no centro do parque, que me evocava o pavilhão de caça onde Rodolfo e Maria, na longínqua Viena, suicidaram-se ou foram assassinados. Só que, em vez de deparar-me com os corpos dos amantes estendidos sobre o tapete, percorria as pequenas lojas que vendiam lembranças, caramelos, jornais, filmes com os quais fixar instantes de felicidade.

Quase à hora do almoço, ia ao encontro da família sentada no banco, ao abrigo do caramanchão situado na aleia mais transitada do parque. Sob o beneplácito dos pais e dos avós, todos à minha espera, eu filtrava as emoções, beijava-os, sem lhes esclarecer os sentimentos. Algo me dizia que não tinha por que me envergonhar das matrizes com que a família e a vida me estavam forjando.

Lia com igual paixão a Bíblia, Zevaco, Karl May, Dumas, Lobato, os deslumbrantes falsários. Nivelava-os como se constituíssem um só narrador com vozes dissonantes.

Nenhum cenário, dos livros que lia, comparava-se à place des Vosges. Amei-a antes de visitar Paris. Na praça eu buscava as sombras dos meus heróis. Eram três ou quatro? Não importa, era o território onde os intrépidos mosqueteiros do rei, sem temer consequências, enfrentavam os verdugos do cardeal Richelieu.

Graças aos heróis literários, misturavam-se no meu coração infantil a bravata da honra abstrata, a licenciosidade dos varões do Antigo Testamento, consumidos no delírio da reprodução humana. Em nome do monoteísmo, e dos deuses pagãos, as aventuras míticas faziam dos heróis seres imortalizados pela minha veneração.

Atraía-me igualmente opor o supérfluo ao essencial. O que me vinha às mãos fazia-me crescer. A vida era o fermento de que carecia. Com tal noção, os livros, empilhados na estante, e lidos em ritmo voraz, tornavam-se o meu outro lar.

O mundo, quando narrado pelos escritores, parecia-me encantatório. Seus timbres invadiam as paredes, a cama, a comida, grudavam-se nos objetos, até o instante em que outros narradores os iam sucedendo. Cada qual fazendo-me crer na vida, na vantagem do excesso. Pois a norma básica destes contadores pousava na convicção de que, para se concretizar o enlace humano, a sorte do casamento entre céu e terra, era necessária a desmedida grega.

LIVRO DAS HORAS

Decerto a vida não correspondia ao que se via a olho nu, ao que me ensinavam, ao que se deixava tocar. Seu arcabouço ultrapassava qualquer saber, ia além do previsto, do enlevo oriundo da imaginação.

Com tal fundamento, íamos às quintas-feiras e aos domingos, após o almoço, ao cinema em Ipanema e Botafogo, ou ao centro da cidade, onde as emoções geradas pela sétima arte e pelo teatro nos flagelavam. O domingo superava a quinta-feira, porque lanchávamos na confeitaria Americana, no coração da Cinelândia, quando a mãe autorizava pedirmos *banana split* e *waffle* inundado da manteiga oriunda de certa vaca que pastara em São Lourenço.

Estes prodígios ocorreram antes dos 9 anos. O cinema, as peças teatrais, o Teatro Municipal. O imponente teatro a que ia com tanta frequência que se converteu no segundo lar. Onde, alojada na galeria ou nos balcões, intuía que as dimensões do palco expulsavam a matéria que teimasse em não aconchegar o drama humano. Aquele cenário destinava-se a dar real expressão ao que o homem legitimasse como arte. Não podiam subsistir as aventuras, os sentimentos, as expectativas, as ambiguidades, os sigilos, que o palco, entidade sagrada e profana, portadora da voz coletiva, não representasse concretamente.

Como duvidar dos preciosos registros da voz que tinha condições de falar e de obrigar o público a pensar contrário ao anunciado? O próprio ator, epicentro do drama, mostrando-se incapaz de controlar um processo cuja matéria-prima era o sonho, o desejo, a ambição, a luxúria, o corpo.

Naquela casa mágica, com gigantescas bocas de cena, que me engoliam a cabeça e as lágrimas, eu vivia sem cobranças, recibos, promissórias. Uma liberdade sem dono, sem palavras, sem estigma. Simples estação da colheita, da fartura, das acumulações. Rejeitava o pão ázimo. E, quando ia para as ruas, distanciando-me de suas fronteiras, já em Botafogo, abrigava-me sob as árvores da casa. A uma árvore do quintal, de copa frondosa, amava mais que as outras. Era-me fácil galgar o tronco e ficar horas lendo em seus galhos. Imaginava-me Tarzan, que odiava o verbo, e Nyoka, libertária e audaciosa. Por conta deles, ia parar nos prados americanos, nas montanhas Rochosas, sempre a cavalo, atrás de Winnetou, o chefe apache, que me cedia as benesses da sua região.

Enquanto a vida em torno, sob a vigilância da mãe, era ordenada, ajudava-me a crescer.

Minha tristeza tem nome, mas não revelo. É dor minha, que não se extingue. A morte de quem se quer bem é um legado pessoal. Não faz falta falar como se propagasse uma verdade que é em si intransferível.

Arrasto comigo o sentimento de uma despedida que não tem epílogo. A certeza de jamais se despedir de seres que são únicos em sua memória. Ou de soterrá-los como se enterra na areia um baú repleto de ouro trazido à praia pelos marinheiros de um galeão espanhol.

Saber que me despeço para sempre não me abate. Consola-me reiniciar no dia seguinte o ritual da mesma despedida. E assim será até o fim dos meus tempos. Sob tal verdade, reergo-me, sou guerreira, algum personagem que José de Alencar teria idealizado e que Machado de Assis não ratificaria.

LIVRO DAS HORAS

Cada tristeza ajuda-me a proclamar pela manhã que sigo sendo filha do sol, cujos raios, já não tão luminosos quanto outrora, ainda aquecem meus ossos, fazem-me crer que foram um dia apreciados.

Mas também a esta altura de que me serviria o sol dos 20 anos?

※

Não tenho filhos, mas leitores, capazes por si sós de defenderem a civilização contra os avanços da barbárie. A eles nomeio sucessores de uma linhagem irrenunciável. E, embora duvide às vezes se vale defender alguns princípios hoje contestados, persisto em inscrever certas normas no código dos direitos humanos.

Não conheço os leitores e nem sei onde vivem no território brasileiro. Mas penso um dia convidá-los a serem parceiros, sócios, aliados das minhas aventuras narrativas. A me conhecerem pessoalmente, trazendo debaixo do braço algum romance de Machado de Assis. E que vejam como é a aparência de quem se habituou a registrar os enredos que também eles viveram junto com suas famílias.

Instalados em minha sala da Lagoa, eu lhes ofereceria um guaraná Antarctica, um cafezinho, e biscoitos de polvilho. Juntos, mergulharíamos nas águas barrentas das palavras, no redemoinho vertiginoso das emoções, nas trevas perturbadoras dos sentimentos ainda sem nome e definição precisa.

Ao lhes mostrar os recantos da casa e do estúdio onde escrevo e guardo papéis obedecendo à vocação de amanuense, eu os regalaria com um livro de minha autoria, para que o guardassem na estante, na mesinha de noite, ou no chão de barro socado de algum casebre às margens do rio Negro. E que o lessem um dia desavisados, de forma inadvertida, e sem preconceitos, prontos a chorar caso alguma sentença os enternecesse. E não hesitassem por sua vez em repudiar o livro, que lhes estaria causando dano.

Não importa o que façam. Peço-lhes apenas que aceitem com boa vontade o coração desta escriba que só tem de seu a língua e os sentimentos herdados de sua grei. E acaso há que pedir mais?

⚜

Custo a me confessar. Já aos 15 anos insurgi-me contra a prática de ajoelhar-me diante do confessor e admitir a noção de culpa que me infundiam. Também aprendera com os russos que a condição humana voltava-se para o erro, enquanto o julgamento sumário relativo a certos crimes seria ditado pela minha consciência.

Não assumo culpa que me queiram impor. Reservo a Deus e à lei a confissão dos meus erros. Há muito passo em revista os meus feitos diários e me envergonho. Para aferir meus atos, sustenta-me um código que me baliza, ainda que mereça reparos.

Não sou, pois, uma penitente que arrasta o cajado e a cruz pela estrada e difunde a sentença que me desfavorece e aponta-me como pecadora. Insuflo a vida, não a punição. Também a mãe se recusava a escancarar a vida privada. Segundo ela, certas verdades são guardadas no cofre cuja chave só o dono possui.

As confidências, elípticas ou poéticas, são da minha alçada. Uma maneira de ser que em nada empana a amizade ou defende a simulação, a mentira, a fraude. Apenas significa que, senhora das minhas convicções, mantenho intacta a matriz da minha essência privada.

Repudio o espetáculo contemporâneo que enaltece a peso de ouro a vulgaridade, as revelações íntimas. Não vim ao mundo para expor a natureza do meu amor e a quem amei. Sou zelosa guardando nomes e circunstâncias, enaltecendo a imorredoura liberdade.

Os amigos devem confiar em mim. Dou-lhes prova de lealdade e não traio os segredos que me confiam. E burlo com eles dizendo que sei muito, e de muitos, porque não conto.

Desde o nascedouro, o texto é uma sombra adversária a que dou vida. Por meio de perverso pacto que estabeleço com cada página, concedemo-nos mutuamente regalias e infindáveis desgostos.

Sempre convivi com a palavra. Desde a infância, eu as pronunciava como se fora uma cantora que, não sendo Magda Olivero e nem Caniglia, dispensava agudos e pianíssimos. A palavra que eu dizia era dotada da magia do afeto provindo da família, atenta em me ouvir. Eram palavras que, de comum acordo, faziam arranjos entre si, de forma a adicionar à conversa o que era mister ouvir.

O relato de tia Celina, a caçula das Cuiñas, sempre discreto, me apaziguava. Docemente, ela se submetia à minha vontade, quando lhe pedia que me sabatinasse, para eu lhe dar provas de conhecer as informações contidas na "Gavetinha do Saber", coluna da revista *O Tico-Tico*. Sincera ou não, fingia para todos que a sobrinha exibia uma cultura superior à sua idade, por dominar grande gama de saber contida naquela enciclopédia de poucas páginas.

Era bonita, como as demais irmãs. Frequentemente sentava-se no tamborete diante do piano, pretendendo ser Guiomar Novaes, a pianista brasileira que brilhava no cenário internacional, em especial quando tocava a versão do hino nacional feita por Gottschalk. Suas mãos eram, aliás, segundo diziam todos, de pianista, o que motivara o pai, meu avô Daniel, a lhe oferecer aquele piano com a esperança de vir a ser um dia mestra do teclado. Formada em piano pelo Conservatório Nacional de Música, no velho prédio da Cinelândia, diante do nostálgico Passeio Público, era natural que despertasse na família expectativas quanto ao seu futuro.

Entre tia e sobrinha circulava uma massa verbal atrelada em geral a um feito ficcional especial, que nos impressionasse. Os detalhes, que casualmente acrescentássemos, corriam por conta da minha imaginação, sob a batuta da tia. Ambas ignorávamos a existência dos conflitos que deveriam pautar o transcurso da narrativa.

A despeito, porém, do diploma dependurado na parede do escritório do avô, o sonho de ser pianista logo desvaneceu-se após seu casamento com tio Almeida, grande apreciador de vinhos. Nem por isso, ela desaparecera de minha vista. A família, a qualquer pretexto, reunia-se na casa dos avós e eu me locupletava da presença de cada membro.

Jamais esqueci como a tia se acomodava sobre o tamborete, diante do piano, que permanecera na casa do pai, para tirar algumas notas que me soavam perfeitas. E, após exibir-se de forma apaixonada para os ouvintes, voltava-se para mim, fazia-me perguntas. Seu gesto ensejando que eu lhe falasse de Cleópatra, um dos personagens preferidos do *Tico-Tico*, portanto meu também. Porque o afeto que nos unia desembocava no estuário de qualquer história.

Talvez fôssemos entidades jamais hostis entre si. Sobretudo porque, sob o amparo da casa de Daniel e Amada, não havia razão para renunciar aos sentimentos que mutuamente nos devotávamos. Eu não sabia, então, que existia o milagre da identidade. Isto é, a obrigação de ser quem eu era, enquanto crescesse aos poucos. Como se coubesse à identidade privada ditar os rumos do meu destino.

Acaso seria eu um personagem sem saber? Já fazia parte de uma história a ser contada no futuro? Ainda que meu verbo fosse então de duração breve e nada revelasse? O que não impedia que as sentenças que tia Celina e eu trocávamos nos encantassem. Uma vez que a narrativa, sim, era o nosso parentesco, a aliança do sangue.

✥

Pouco sei do coração. Ele tem asas e voa para longe. Tem aptidão inata para sofrer mesmo quando simula estar feliz na casa, acorrentado ao pé da cama.

Não menciono seu nome em vão. Tudo a respeito do coração me induz à cautela. De nada serve semear encômios sobre o amor, quando ele se esgota e me desgoverna, dele sobram inconstância, ambiguidade e seus efeitos devastadores.

Pessoalmente reajo mal aos seus desmandos, aos estragos que acarreta. Não sei atrelá-lo ao cotidiano e nem interpretar a zona obscura da sua essência. Só me cabe guardar a sete chaves os nomes que amei outrora e me perguntar se de verdade foram tantos, se será correto inferir que a ninguém amei.

O coração é perverso, não se aprimora porque amou muitas vezes. Carnívoro e prosaico, calcina os próprios ossos, perde a fidalguia, apaga do escudo de armas o dístico que enaltecia os ideais da cavalaria, diante do insucesso da paixão. Ofendido, torna-se um canibal que demole as regras que serviram de base para o convívio amoroso.

Mas logo, a despeito de se sentir combalido, o coração reage aos dissabores amorosos. Confia na experiência e prudência para que prontamente brote no peito a semente do novo amor, para a vida se alvoroçar, propiciar um quadro idílico, irradiar ilusões de que aquele será o derradeiro amor. E, sob o jugo de tal felicidade, das benesses da carne e do esplendor do seu pálio, anunciar que a utopia está próxima, eis a eclosão do paraíso.

Como réplicas de Tristão e Isolda, Romeu e Julieta, os amantes incorporam-se à mitologia contemporânea, restauram os mistérios subjacentes, juram que seguirão amando, fazem o amor sorrir. E, em defesa de seus sentimentos, usam a funda de Davi contra Golias e cortam-lhe a cabeça.

Sem dúvida, idealizam a paixão. Esquecidos dos dissabores, cumprem a representação teatral necessária. Enquanto esperam que algum teatrólogo deixe por escrito algumas recomendações relativas à paixão. Sobretudo enalteça os amantes que, havendo estado à beira da tragédia, não se furtaram a cumprir a representação que o teatro exige. Uma vez que o ideário amoroso sempre pregou a glória e o consolo de arrastar as histórias de amor para o santo sepulcro.

LIVRO DAS HORAS

❦

Urge saber se reinvento Deus com a intenção de me redimir. Ou se o evoco não para cumprir uma indagação teológica, mas em obediência à poética da minha existência.

Meu hipotético diálogo com Deus está nos limites de uma linha imaginária que ambos desrespeitamos. Uma infração que não me impede no entanto de chegar aonde queira, antes Dele. A montagem do cenário é sempre da minha autoria.

Suponho que Deus deixa como rastro um fio de ouro visível apenas a quem olha com a força férrea do coração. Ainda que tenha tal noção, não estou autorizada a exigir Dele que seja complacente comigo, que opere em meu favor quando Lhe confesse já não suportar carregar sozinha o peso da existência.

Afinal, Ele sabe quem sou, o quanto os mistérios pertinentes à minha espécie me atraem. Prevê que não hesitarei em buscar a morte por meus próprios meios caso julgue a vida desprovida de luz. A autoimolação é um recurso libertário.

Não sou grosseira com Deus, fazendo-Lhe esta confissão de fé. É mister que Ele seja solidário com o humano, aceite a noção de que só mediante o exercício da liberdade posso aceitá-Lo.

❦

O tempo me espreita, mora ao lado. Como vizinho, concede-me dias para eu gastar a gosto. Uma magnanimidade a qual retribuo consumindo a vida que me resta. Ainda que ignore quantos anos hão de sobrar para eu lhe cobrar.

Enquanto o tempo avança, ironicamente não sou dona da matéria que me constitui. Nem me tornei mais sábia só porque falo, escrevo, arfo. Pouco vale o título de imortal que recebi no Petit Trianon, réplica, no Rio de Janeiro, do pavilhão de caça de Maria Antonieta, em Versailles. Assim, ainda que arrote grandeza, engrosso, como os demais, o rol da insensatez coletiva, perturbo a paz da cidade, consumo mil litros de água por mês.

Diante de tanto descalabro civilizatório, refiz há pouco o meu testamento, seguindo um parâmetro duvidoso. É difícil escolher a quem deixar os pertences. Enquanto decido, implanto no coração alheio um berloque de ouro com meu nome inscrito para que se saiba no futuro que tal lembrança procedeu de uma escritora brasileira. Uma mulher que, no início dos seus alvoroços estéticos, quis ser amada e, bem mais tarde, aspirou mergulhar no silêncio no afã de medir o acúmulo dos sentimentos outrora vividos.

Desfaço aos poucos as ilusões com que afago o ego e deixo aberta a porta da casa a fim de facilitar o ingresso da dama com foice na mão. Ela virá como a amiga há muito esperada. Ao vê-la, espero entender a razão de sua presença, sem precisar me dizer que meu tempo esgotou, prepare-me para as despedidas.

Mas enquanto essa dama não chega, concedendo-me quem sabe anos, dou-me ao luxo de desperdiçar o tempo que me resta. Sem perceber que, conquanto aparente ser a única proprietária deste tempo, fabrico velozmente a própria morte.

Viajo o tempo todo. Dentro e fora de mim. Como exilada, tenho a pátria certa no coração e as outras terras na imaginação.

LIVRO DAS HORAS

A cada semana corro o risco de ser banida de mim mesma, mas prossigo.

Ao longo da jornada, distribuo migalhas de pão à guisa de palavras. Verbal e carne, não sei onde se situam minhas fronteiras. Conheço, sim, o meu nome e o da família, identifico as alcunhas com que afetos e amores me apelidaram com voz amorosa. Ecos que ainda ressoam em mim. Fica-me a sensação de que meu apreço pela existência se expressa por meio da linguagem secreta, da memória prestes a ditar o que convém relembrar.

Mas não faltam razões para me aturdir. Afinal, os excessos me pesam, este caudal é um fardo que me rouba critérios, mistura ingredientes sem ordem e regras. Acaso há simetrias?

Nesta circunstância, esquecer é fácil. Não me forcem a recordar o que é parte do meu legado. Mesmo porque as porções generosas confundem-se com instantes cruéis. E não sei como me proteger se a vida, atrelada ao vento, é fugaz.

Choro, rio, canto. Igual a Maria Callas e Manolo Caracol, senhor do flamenco, egresso talvez das covas de Sacromonte, em Granada. Sem reclamar por mal saber onde estive, o que fiz desde o berço. Consumo os dias simplesmente na expectativa de observar o que jaz em torno.

⚜

Olho-me ao espelho, ainda sou um corpo moderno a despeito da idade. Uma peça de carne que repete o molde consagrado desde que abandonamos a caverna. Não ofereço novidade. Apresento os mesmos dedos do pé, embora alguns de escassa eficácia.

Exibo igualmente a mesma anatomia das castelãs do século XII que, à guisa de prazer e predomínio social, permitiam aos trovadores, de passagem por seus domínios, acariciá-las, dando-lhes a ilusão fálica de serem titulares de seus bens.

Coexistem em mim, contudo, todas as mulheres do mundo. Cada qual apresentando indícios que pleiteiam reconhecimento, igualdade de condições. Trajadas de *jeans*, com feições contemporâneas, estas mulheres são uma espécie arcaica que guarda no armário da história memórias de um acervo inexplorado. Como se no âmago da sua genética armazenassem revelações de que não se sabiam capazes de esmiuçar, por lhes faltar a linguagem com que desvendar o próprio mistério.

Esta mulher contemporânea, que observo, estremece sob a pressão dos sentimentos. Seu corpo é um tratado geológico constituído de camadas que remontam à criação do mundo. Quem sabe terá ela vindo das Argólidas, destes tempos remotos, ao ser deixada à margem dos portões do paraíso. Privada assim de verbalizar aqueles dons que nos são próximos, bastando que se mire no espelho-d'água da lagoa Rodrigo de Freitas.

Tanto quanto elas, sou arcaica. Vivi outrora realidades sem haver dado nome adequado aos bois e às emoções. Em mim perduram resquícios evocativos que tardam em aflorar, em sussurrar quem sou.

Dado este caráter arqueológico, estou à espreita, engolfada por um espectro interior. Aguardo a revelação que, afinal vindo à tona, reconstitua a pólis, o urbanismo da minha casa. Ajude-me a relatar como as mulheres viveram no passado, antes de afundar na neblina dramática da sua psique. De como ecoava nelas a caixa acústica da cultura, formada por labirintos, mistérios míticos, animais pré-históricos, pântanos. E como ainda persistem na gruta do seu corpo línguas babélicas que lhes falam de amor e morte e jorram maná e mel. E usam palavras forçando-nos a crer no enigma humano, nos caprichos da espécie feminina.

Como parte da antiguidade da mulher, levo no bojo monstros, as cabeças de mil hidras que atravessam as minhas ilhargas. Na Lagoa, ou na Academia Brasileira de Letras, cercada de varões oriundos do Antigo Testamento, sinalizo o triunfo de um imaginário que anuncia ventos, tempestades, mares revoltos. E ainda o advento das vozes que recuperam aos poucos a memória que nos faltava.

Peço licença para confessar que aspiro visitar o peito alheio e conhecer os segredos da família. Ainda que seja a pretexto de salvar quem sofre os efeitos de um drama.

As vítimas da minha escrita resistem às minhas investidas. Não aceitam que no ofício de escriba deva colher na fonte a matéria que sustenta a narrativa. Afazeres que se justificam em nome da arte. Por que, então, me acusam de intrusa, se para registrar este vale de lágrimas devo arrombar a porta de quem seja, descobrir a força da sua gravidade, apurar os vestígios deixados nos lençóis amarfanhados.

Só que, a fim de obter atestado que certifique minha narrativa, juro guardar dentro da gaveta fechada à chave as confidências feitas em regime de confiança. Sem por isso cometer delito ou lesar direitos. Mas se alguém considera o meu ofício incoerente, contraditório, descuidado às vezes quanto a questões essenciais, a culpa é do verbo, cuja natureza encantatória compromete-se unicamente com a verdade da ficção.

Mas, enquanto meus personagens são destituídos de pudor, e a condição da arte é se desnudar, eu preservo a minha intimidade, sou secreta. Abstenho-me de confidências. Minha odisseia é vivida no interior da casa e sujeita-se às sanções que eu me aplique. O meu ser profundo vive encarcerado na jaula social de cuja chave nem sempre disponho. Mas estou certa de que o direito à discrição mereceria ser cláusula pétrea na constituição brasileira. E embora arbitrar sobre o público seja necessário, o privado, que não infringe as leis, é um direito que mantém cerrado o valioso bem de cada qual.

Em nome de que prerrogativa amigos e autoridades me formulam questões cujas respostas se circunscrevem ao meu acervo pessoal e à minha fantasia? Felizmente, a arte, ao não se subordinar a uma lei que obstrua o seu fluxo, exceto nos regimes ditatoriais, autoriza-me a viver atraída pelo ideal narrativo. Em nome do qual saio à caça da intriga que me estimula a criar e aos demais a viver.

Sou aventureira. Na mesa, na cama, na estrada. Nem sempre defino o que fazer no cumprimento desta vocação. Ou menciono o que fiz com o propósito de desfrutar das peripécias vividas ao longo da travessia existencial.

Ignoro que normas transgredi na ânsia de ser feliz, de inocular na carne o prazer comandado pela imaginação. E se padeci por ter sido tantas vezes banida pelo conservadorismo do hemisfério sul, onde vivo.

É difícil saber como afugentei alguns perigos que puseram minha alma em risco. A maligna imprudência com que me confrontei com os desvarios, alguns querendo me perder, traduzindo sinais da morte. Outros assoprando-me que devia escolher entre a natureza da escrita e a deserção das ideias.

Acaso fui aventureira só porque me esquivei das matérias que não se ajustavam à medida do meu sonho? Ou considerei-me heroica porque o regresso a casa concedia-me a ilusão de haver afinal encontrado o lar que buscava?

Afinal, de que peripécias falo? Daquelas propensas a se esfumar sem deixar rastros ou razões para viver? Ou, simplesmente, na expectativa de desfrutar de uma aventura futura, consumo as melhores horas da minha vida?

Faço anotações. Ajo em obediência a uma gratuidade. Nada registro para perdurar. O personagem nasce em geral das pequenas banalidades. Como narradora, penso na arte, mas, às vezes, atuo como uma sonâmbula a olhar o que não sabe e nem relembra.

Atenta ao cotidiano, transfiro para o coração e o estômago o mundo que surpreende e dói. Sensível diante dos gestos de flor, agradeço a quem não sei. Quisera ao menos utilizar uma frase que sobrevivesse a mim. Mas não sei se acertaria na escolha. Em geral, concentro-me na genealogia dos povos, dos bichos, de Gravetinho que amo e cuja família canina não conheci.

Gravetinho é uma alegria. Admito em público meu amor por ele. Temo que, se não fora eu, talvez estivesse destinado a sofrer os horrores que os humanos reservam aos animais. Mas, em casa, que é também o seu lar, eu o cerco de plumas, calor, delícias. Ele retribui alegre, mimado, autoritário, como a exigir o que julga do seu direito. No entanto, não tem razão de reclamar, pois me antecipo aos seus anseios, programo-lhe a vida como se eu fora da sua espécie, alguém que late como ele.

Ao longo de sua caminhada pela casa, prevejo os riscos que corre. Precipito-me em sua defesa. Luto para nada feri-lo, sou seu escudo. Impeço que lhe lancem um dardo envenenado. Apavora-me que sofra, que haja no seu coração uma cicatriz que não enxergo. Gostaria tanto de apagar as dores que terá sofrido no passado, à época em que viveu por dois meses, segundo soube, em um canil público. À simples lembrança deste infortúnio, cubro-o de carinho, de beijos, de comidinha, de liberdade. Falo-lhe, faço promessas de que enquanto eu viver ele será protegido. E que, após minha morte, designei amigos para amá-lo. Enquanto lhe faço estas promessas, estimulo-o a ser insubmisso, desenvolvo-lhe um comportamento relativamente selvagem, que me emociona.

É tarde, estou no meu escritório. Palavra que repito escandindo, para Gravetinho reconhecer. À simples menção de escritório, ele se põe de pé, pega algum brinquedo do seu agrado, e acompanha-me. Enquanto digito, leio, ouço música, e tenho a vida acesa dentro de mim, ele se deita no tapete, desprezando as almofadas que lhe ofertei para tornar seu cotidiano mais confortável.

Com ele ao meu lado, os cadernos espalham-se pela casa e muitas vezes não sei onde os deixei. Talvez o que escreva seja um esforço vão de expressar um sentimento tendente a crescer sem o testemunho de estranhos. Tento desvendar quem sou, ou os demais, sem êxito. Pergunto-me, então, por que escrevo? Será porque não dispenso o mistério, não me quero traduzida? E nem me quero íntima de mim mesma?

Os objetos que compramos, e levamos para casa, inventam para nós um projeto de felicidade. Instalados na sala, eles falam, têm sentimentos, preservam a memória, sobrevivem a nós. Nenhum objeto é pária, merece ser marginalizado.

Sobre uma cômoda, o objeto não se move, em compensação perambula pela casa, visto por nós. Em especial os objetos que Elza me legou após sua morte. Abrigados agora em minha casa, com intensa expressividade, revivem, são o retrato da amiga, meus interlocutores.

Zelo também pelos demais objetos familiares, que não aceitam ser negligenciados. Dou-lhes atenção, não permito que a poeira ou minha vida os apaguem. Devo-lhes amor e piedade, choro às vezes ao vê-los. Confundo-os com quem partiu e os confiou a mim.

Um objeto é uma declaração de amor que faço ou recebo. Pouco importa que o doador me tenha decepcionado e deva cancelar sua memória. Não sou dona da minha emoção e me deixo simplesmente comover. Mesmo porque, como abandonar o objeto que ao encarnar a traição adverte-me quanto às ciladas do futuro?

Alguns objetos, em especial, afirmam que fui amada. E, ainda que hoje a memória dos amores me sature, e eu já não suporte tantas bravuras emocionais, como impedir o assomo da emoção, os excessos da imaginação, enquanto aguardo o crepúsculo?

Falar é vício humano. Antes não fosse. Preferia que a lei do silêncio fosse imposta aos mortais desde a mais tenra idade, a fim de reconhecerem o valor da palavra ao ser usada.

Como leitora da Bíblia, critico Jeremias, Natan, Isaías, que exauriram o verbo. Tonitruantes e pretensiosos, estes profetas arrogavam o poder de falar em nome de Deus. Igual a nós que, sem motivos ou pedir desculpas, atropelamos a palavra do outro para impor a nossa. Frívolos, como somos, recusamos ouvir o que o outro tem a dizer. Gastamos as palavras assim como consumimos os anos.

Tal excesso verbal repete-se na cama, junto aos esposos ou amantes, no parlamento, nos salões, nos grotões rurais, nas cidades. Nem Deus é poupado de ouvir o que os homens Lhe dizem com o propósito de emudecê-Lo. A sorte é que Deus não escuta os homens, desinteressa-Se das suas aflições e tolices, de suas questões comuns, como pagar contas, arrumar um amor, emprego, saúde, e pedidos de glória.

Mesmo quando rezam, uma ladainha interminável e interesseira, os homens querem arrancar de Deus toda classe de benesses, sem nada Lhe prometer em troca. Talvez o divino compreenda esta incontinência humana, porque também Ele é um falador. Basta observar as vezes que Jeová, na Bíblia, fala com os crentes, mesmo sem argumento razoável.

Não eram os hebreus os únicos a abusar das palavras. Os gregos também. A fala deles, além de lhes conceder a marca da humanidade, garantia-lhes pertencer a uma categoria superior. Esgrimindo o verbo, estes gregos entretinham-se com os habitantes da pólis, assim como com os deuses, no afã de manter com eles semelhança e intimidade.

Os deuses, por sua vez, atraídos pelo teor do discurso humano, desciam a ladeira do Olimpo para fornicar com as mulheres e eventualmente ouvir as vozes populares a reclamarem não haver Zeus cumprido certas promessas e nem reconhecido muitos dos filhos tidos com mulheres atenienses.

Os irmãos Apolo e Ártemis não prescindiam do verbo. Por meio da fala, Apolo convocava os homens a se apresentarem em Delfos, em cujo templo, por meio da Pítia, propunha-lhes enigmas indecifráveis. A fim de que os visitantes, enredados no mapa da tragédia, cumprissem o seu desígnio. Quanto a Ártemis, que acumulava inúmeras funções, sobretudo a de pedagoga, fazia lavagem cerebral das meninas que lhe eram entregues, a fim de domesticá-las e encaminhá-las ao futuro lar.

Ambas as falas, hebraica e grega, festejavam o infortúnio como modo de dominar os homens. Cada palavra de Jeová e de Zeus era uma demanda. Impunha-lhes cautela e fé, intransigente obediência a seus preceitos. Porque só assim, depositando ao pé da pedra uma rendição absoluta alimentada pelo verbo, davam início às religiões. A espécie humana aprendia ser impossível roubar a palavra de um deus e dos homens que teimavam em agir como deuses.

Os homens se igualam no teste da vida. E será verdade? Mas como averiguar se há motivo para celebrar certos dias acrescidos ao calendário, privado ou coletivo, e colher, então, na fonte secreta que é o lar, ao menos uma prova que justifique a existência humana? A sorte, porém, é desigual, assim como o destino individual. Mesmo quando os caminhos se bifurcam, não há garantia de êxito para qualquer dos contendores. Nenhuma sentença opera a favor dos injustiçados, infunde-lhes ânimo, propicia-lhes dose mínima de felicidade.

A ladainha da esperança, que entoamos, não se esgota. Afina-se com as vitualhas e as especiarias que consumimos nas festas. Dezembro, por exemplo, é um mês propício aos postulados cristãos e à exibição da hipocrisia social. Observo os resultados pífios do convívio, fingindo que me equivoco. Permito que o sangue do Cristo derramado alastre-se pelo mundo até que um infante, símbolo da inocência, o estanque.

À guisa de oração, para que me ouçam, peço um naco de pão como se eu fora partícipe da última ceia. Confio que o repasto da minha casa renda frutos para os presentes. Na minha mesa haverá ao menos três traidores. Não sei quem são. Se os liquidasse, renasceriam. Todos seguem a trilha da traição. Uma praga que não desabona o cotidiano que nos toca viver, com ou sem conflitos. Não há como reagir. Tal via corresponde, no passado, à rota da seda. Atravessa desertos, geografias.

Durante a refeição, apreciamos o vinho que procede da uva "*tempranillo*". Sinto-me bem, já não aspiro corrigir o mundo. As vidas, mesmo quando celebradas, são inúteis. A minha, por exemplo, só é proveitosa para mim. Quanto a Deus, seja louvado. Peço-Lhe simplesmente o dom da sanidade, que eu não julgue para não ser julgada. E, enquanto aguardo o milagre, conceda-me paciência para confiar na manhã entrante.

LIVRO DAS HORAS

Baudelaire proclama que o homem procura o que lhe permita chamar de modernidade. Enquanto sua indagação prospera, Rimbaud traça rumo diverso. Afirma, após dominar o pântano das palavras, que é preciso ser resolutamente moderno.

Ambos os parâmetros coincidem e pautam o cotidiano coletivo. Também eu inclino-me ao que dizem. Mas pretendo ser arcaica, não fazer parte dos tempos atuais. Ver-me a cruzar a porta do cenário de papelão e, por milagre da arte, mergulhar em algum século pretérito com o qual me identifique por conta das leituras.

Nesta urbe, fundada quem sabe por Péricles, eu repousaria, o tempo necessário para observar costumes, o tempero da comida, os condimentos, tudo enfim que motiva a guerra e as paixões. Uma aprendizagem seguida de despedida, sem haver sabido onde estive. Acaso na Borgonha do século XII, entre vinhedos e conventos cistercienses, havendo visto de perto o irado Bernard de Clairvaux a controlar reis e monges por meio das cartas que registravam sua severa doutrina?

Dói retornar ao meu século. Suas fímbrias, que desconheço, motivam-me a pedir que afastem de mim o cálice oxidado do modernismo que me querem impor. Um tempo aziago, inserido nas correntes da fraude contemporânea, e que não tolero. Tanto que, ao ouvir os brados dos que enaltecem esta espécie de modernidade improvisada, sem me dar margem a refutar seus preceitos, sei-me demais no mundo. Temo este ímpeto de substância fascista que condena ao desterro quem não se enfileire em suas devoções estéticas.

Já não quero viver neste solo fecundado pela improvisação da arte, pelo desprezo à tradição, pela ganância do dinheiro, cujo fausto e lucro determina os rumos estéticos. Sendo assim, prefiro encurtar meus dias neste furioso paraíso de consumo e gratuidade.

Portanto, deixem-me em paz. Permitam que eu seja o que desejo ser. Mas que, na hora da morte, eu leve a *Ilíada* e a *Odisseia* contra o peito, não tanto pelo meu amor por Homero, que de verdade exorbita, mas por ter eleito o universo épico como paradigma da imortalidade.

E que, ao passar a civilização em revista, tenha tempo de visitar o século IV, para pôr-me sob a custódia luminosa de Agostinho, prestes a abandonar a Itália, e retornar a Hipona, pressionado por Alarico e seus bárbaros.

Em nenhum destes séculos disporia, contudo, de luz elétrica e de água corrente. Acaso sobreviveria?

❧

Preparo o presépio onde o Cristo nasceu para a noite de Natal. Neste cenário espalho o feno e os animais que repartem leite e calor. E, com a esperança de ser feliz, imito gestos outrora reluzentes e fáceis. Afinal, não me descuido. A vida não me deixa pensar que mereço um arrebato contínuo se não lutar por ele.

Não me acanho de pleitear porções de felicidade que vou extorquindo aos poucos. Mesmo que seja do hotel em Paris onde vivi dias esplendorosos, e de onde trouxe singelo cinzeiro abrasonado.

Há muito ordenho a vaca do cotidiano com o intuito de converter o banal em ato de presença no mundo. O Natal, porém, é especial, pertence a uma zona de felicidade coletiva, que envolve a mim e aos demais. Razão de cobrar desta data hábitos e reminiscên-

LIVRO DAS HORAS

cias incrustados no coração. E reverenciar, fiel aos seus desígnios, os sinais que me trazem genuíno gosto de mel. E o que mais pedir?

Na expectativa de semelhante celebração, padeço de sobressaltos que me fazem bem. Recordo os do meu sangue que peregrinaram pela terra antes de mim. Por força deles, não sou iconoclasta em matéria tão preciosa. Acato a herança que semearam nas reuniões familiares, quando nos dedicávamos a atos coesos e alegres, ainda hoje presentes na memória.

Mas para bater à porta do prazer e dos sentidos, e banhar-se com sua luz, é mister ter acesso à senha da bonança. Acatar os gestos que transcendem e sancionar hierarquias nem sempre explícitas. Suspeitar que sob a aparência da modéstia jazem verdades que mastigamos no café da manhã.

A noite natalina emociona-me. Impõe-me uma ordem de grandeza que consolida rituais que encerram em si pungente mensagem. Agasalhada por seus símbolos, invade-me o sentimento nascido da maturidade que se confunde com a alegria.

Hoje, embora sejamos menos em torno da mesa enfeitada, o mistério que advém desta noite anuncia que, além de me ocupar dos vivos, relembro os que se foram. Falo das vezes em que, reunidos na casa dos avós, vangloriávamos a vida, ríamos, éramos amorosos.

Não faz falta pronunciar-lhes os nomes em voz alta. Meus lábios os mencionam com unção. Eles edificaram quem sou. Dependi sempre dos afetos para desfrutar dos grãos de bem-aventurança. Mas quando alguém se afasta, ou se despede, retiro discreta seu lugar à mesa, privo-o do vinho, das iguarias, dos pratos, talheres, copos. Sob a guarda da brisa vinda da Lagoa, o bairro onde plantei âncora e lar, a memória deles perdura.

Ungida por sentimentos contraditórios, preparo-me para o festim. A mesa, porém, já não é a mesma. Não ostenta a comida de outrora, de quando não faltava ao repasto o polvo importado da Espanha. Bicho extravagante, de estética assimétrica, cujas pernas múltiplas e nervosas fortaleciam minha imaginação infantil. Naquela época impressionava-me vê-lo surrado contra a pedra do tanque a fim de suavizar-lhe a carne. Um esforço manual que não ofendia o monstro, mas que me fez saber muito cedo que a possibilidade de vir a ser um dia feliz repousava na aceitação de uma criatura pré-histórica a arrastar-se pelo fundo do mar enquanto semeava pânico entre os peixes entorpecidos pela escuridão oceânica.

Apesar do brilho de tal noite, pranteio as mudanças que afetaram aos poucos a cultura familiar, destruíram as paredes da antiga casa dos avós, dividindo o tronco familiar a pretexto de criar outras tribos. Sinto-me, então, vítima de uma civilização que, para igualar, desrespeita as diferenças, obriga-nos a esquecer valores que estão na base do seu transcurso.

Demos todos as costas à tradição que fotografou a alma com cor sépia. Um fato que constato enquanto o polvo e o bacalhau, protagonistas das ceias galegas, se deslocaram do epicentro afetivo sem provocar dor, senão aquela sentida pelo espinho da memória fincado no peito.

Estarei sendo ingrata por não exaltar a inocência das celebrações que se desvaneceram no Brasil, este país que mal sei definir? E que, por haver perdido certos critérios, me roubou o direito à ilusão, consentindo que a falsa modernidade me inoculasse um vírus daninho?

Reajo a estas considerações, quero salvar-me. O coração meu lateja, goteja sangue, ri. Sobram-me forças para afugentar o que impede o bem-estar dos meus dias. Assim, esta noite é o presépio que aguarda a vinda dos reis magos. Qual dos três, Baltazar, Belchior, Gaspar, se baterá por mim?

Levo as iguarias à mesa. O peru assado, galardoado de frutas, e os fios de ovos. E, ao lado dos que me ensinam a amar, celebrarei o estranho gosto de ser feliz.

Um jovem acompanha-me no trajeto entre a Academia Brasileira de Letras e a avenida Rio Branco, esquina com a rua Santa Luzia. Uma caminhada curta que o motivou a me confessar que aspirava à glória literária, a dedicar-se à literatura.

À medida que avançávamos em direção às barracas instaladas na calçada da Santa Luzia que vendiam objetos miúdos, biscoitos a granel, apressei o passo em sintonia com a ânsia de vencer aquele corredor sombrio em direção à Rio Branco.

Apesar da pressa, a arrastar comigo o jovem distraído, tomado pelo furor da glória, vi-me cercada pelos camelôs que pregavam as excelências dos produtos. Igualmente adolescentes que expunham ao público um rosto desprovido de esperança e me faziam presa da sua fome.

Sufoquei o temor que a miséria me inspirava e tentei dar coragem ao jovem, a quem mal conhecia. Não queria obrigá-lo a me defender em caso de algum ataque. Mas, enquanto eu mesma me precavia, examinei-lhe o rosto assustado, cujo nome esquecera. Sua juventude não lhe permitia conviver com o perigo e compreender, ao mesmo tempo, a fome que emanava dos miseráveis, e de nós também, caso o pão nos faltasse. E nem eu podia fazê-lo ver que, embora rejeitados, aqueles corpos não estavam isentos da beleza, que eu lhes reconhecia. Era mister que ambos, integrados ao drama humano, renunciássemos a quem éramos, e nos integrássemos ao cortejo dos pobres e dos mortais.

O jovem não se importava comigo, unicamente com o prestígio literário que lhe abrisse as portas, que lhe facilitasse a ascensão. De preferência que eu lhe escrevesse os livros para ele assinar.

Mas, integrados ao caos humano, notei-lhe a súbita angústia, como se só naquele instante despertasse para as agruras dos personagens sobre os quais um dia se debruçaria. Para reconfortá-lo, toquei-lhe o braço, quase de raspão. Deixei que sentisse o peso do seu fracasso e do meu. Como ambos falhávamos na construção de um futuro melhor.

Sorri e ele não compreendeu a razão dos meus cuidados. Também não lhe prestei esclarecimento. Só falava para mim mesma. Mas desejei que no futuro se apiedasse pelo suor coletivo. Viesse a compreender, com o fardo dos anos, a radicalidade da genitália alheia.

Amei a capelinha de Borela, localizada após a ponte, desde que a vi. Visito-a com frequência e, em geral, encontro-a cerrada. Tal abandono me desconcerta, não sei o que fazer para salvar a minha infância. Ignoro quem tem a chave do céu. No entanto, nos seus bancos de madeira, nas paredes, nos arredores, sei que estão as minhas pegadas que o tempo insiste em apagar.

Não me resigno com o sentimento do tempo, que me atordoa. Não sei como retificar os dias e os anos. Mas para onde se-

LIVRO DAS HORAS

guiram? Não tenho como reclamar, se Deus não ouve. Suspeito, no entanto, que sem a existência divina teria dificuldade de organizar os pensamentos, de confiar na passagem dos dias. E mesmo ao desejar afugentá-Lo, Deus subsiste. Ele é igual à capela que, na iminência de arruinar-se, guarda a glória dos escombros gregos. Deus e a capela são esboços que inventei, partes do meu mistério.

A capela é miúda, menor que a igreja de Nossa Senhora de los Dolores, no alto da colina, cujas missas frequentei aos 10 anos. Não creio que algum sacerdote suba agora a colina até a igreja, com o intuito de salvar as almas de Borela. Esta capela, porém, despojada dos haveres litúrgicos, emite lamúrias, parece reclamar porque eu a abandonei. Diz-me que nada faço por ela, tardo em demonstrar piedade pelas ruínas em que se tornou.

A capela exagera. Estou certa de que resistiu mais que eu. Ainda que não a visitem, não lhe levem flores, ou não rezem ao pé do altar, desfalcado de santos. Sem valor, pois, para a comunidade, aquela pequena construção é valiosa para mim. Simboliza anos felizes.

Quisera salvá-la, pedir ao Concelho de Cotobade, constituído de treze aldeias, que a restaure, prolongue-lhe a vida útil. Afinal, sentei-me contrita em seus bancos de madeira, mirei os santos, terei pedido que perdoassem os pecados. E mais supliquei sem me lembrar se fui atendida.

Olho-a, antes de seguir para Pontevedra, onde jantarei com amigos. Deixo Borela, mas os rastros da memória seguem junto. Entristeço-me, mas o que fazer pelos aflitos desta terra, se a compreensão pela vida me chega com atraso? De que vale a sabedoria atual? Como corrigir os desmandos, se Deus, com quem conversava sentada no banco da capela, faz parte da minha teologia privada?

À noite, após o jantar com Tereza e Afonso, Salomé e Afonso Ribas, María José e Antón, regresso a Graña, encravada nas rochas, onde me hospedo. À entrada de Borela, o casal María José e Antón se detém para eu observar a velha ponte do século XV, ora em desuso. Vista da estrada, que segue para Carvalledo, as luzes dos lampiões destacam as pedras buriladas. O corte românico disfarça a decrepitude da superfície revestida de musgos. Percorro a ponte a pé, que é perene, mirando um centro hipotético. O que haverá do outro lado do mundo? Acaso as portas do paraíso, as labaredas do inferno de Dante? Convém desconfiar da fantasia que emula a esquecer o caminho de volta ao Brasil.

Sei, porém, que nos próximos dias despeço-me do universo do pai, após reforçar o espírito crédulo, o amor pela aldeia. Certa de que a iluminação da ponte torna o mundo real.

Mal começou e o século XXI já me parece envelhecido. Amaldiçoa-nos com seu ar de falso vencedor, cujo teatro do terror, amparado na limpeza étnica, religiosa e ideológica, ameaça-nos com expurgos, genocídios, crueldades inauditas.

Semelhante visão negativa talvez seja o efeito das flores que, imersas na água do vaso de cristal que Carmen há muito me regalou, feneceram precocemente. Ou porque a alma do Brasil arde em chamas que não debelo nem com as lambidas amorosas de Gravetinho.

Por onde caminhe, chegam-me soluços decorrentes do desencanto das várias vozes. Sofridas e inescrupulosas, elas realçam a matéria contida na obra de arte e nos livros escritos há séculos, cujos escritores ousaram nomear personagens com nomes tão simples quanto João e Maria. Seres que, como feitos de carne, agem segundo pautas impostas pelas designações de batismo.

Mas, como simples personagens, deflagraram a tragédia inerente à história. Saciaram minha ânsia pelas aventuras narrativas, pelo repertório das emoções colhidas nas praças, nas ruas, nas casas de janelas e portas calafetadas. E convencem-nos de que não há distância entre o que circula nas páginas de um romance ou fora da moldura da arte.

Há, pois, a escassa diferença entre operar no interior do livro ou na sua periferia. Para que ambos, personagem e leitor, façam uso de uma linguagem mediante a qual se debatem costumes, sentimentos sociais, enfim o modelo humano.

Portanto, personagens ou não, somos dignos de misericórdia. De que lado se esteja, fincamos na memória coletiva a saga de uma modernidade sempre postergada, talvez inexistente.

A tradição familiar me acompanha. Cedeu-me um repertório de acertos e desacertos. Uma bagagem que atualiza certos episódios, como os dois anos vividos em Borela, em comunhão com a natureza galega.

Na casa da avó, o mundo me exaltava. Sentia-me Atlas a reter a esfera da terra em suas mãos. Enfrentava, destemida, a geografia adversa, enquanto aprendia o galego, o espanhol, os costumes locais, o substrato da grei de que me originara.

Na aldeia do pai, eu era feliz. Já pelas manhãs, a despeito do frio, passava em revista a lavoura da avó. Subia e descia as encostas, protegida pelos socos, botas de couro com tachas na sola de madeira. E, graças à fantasia, ia ao encontro de Agamenon nas Argólidas.

As tarefas do campo levavam-me ao paroxismo do prazer e da tristeza. Em especial ao contemplar as vacas amigas atreladas ao arado ou encerradas no curral. A favorita era Malhada, nome comum em Cotobade. Tinha chifres curtos, manchas brancas na pele e a mirada triste, resignada com a miséria humana. As vacas da aldeia recebiam nomes enraizados na comunidade. Ninguém se atrevia a quebrar uma tradição que consagrava este batismo. Qualquer inovação neste sentido teria significado desapreço pelos animais que os serviam até a morte sem cobrar reconhecimento.

Aos poucos aprendia a respeitar as funções milenares das aldeias, a entender as peculiaridades inerentes ao camponês galego. Não me furtava a participar das ocorrências diárias, que já faziam parte da minha vida. Em especial da colheita do milho, que exigia celebração. Afinal, o milho salvava-os da fome, da inclemência do inverno.

Reunidos no pátio da casa da avó Isolina, desfolhávamos as espigas que seriam estocadas no belo *horreo,* ou canastra, localizado atrás da casa. O trabalho da plantação, até o estágio final que era a colheita, não prescindia da mão de obra dos "jornaleiros", como eram chamados, trabalhadores contratados no verão para o trabalho pesado do campo.

O clima era festivo. Eu copiava a diligência com que eles retiravam a palha da espiga até o sabugo, jogada dentro das cestas empilhadas à nossa frente. Dali a espiga iria para a canastra, construção hoje clássica no cenário galego. Toda de pedra, apoiada sobre quatro pilastras, o acabamento da canastra, no alto, arredondava-se para vedar o acesso aos roedores.

O trabalho árduo só era interrompido para a merenda regada a vinho e a histórias fomentadas pelas intrigas. Na expectativa todos de surgir a qualquer momento a espiga vermelha alçada à categoria de relíquia. E isto porque quem a obtivesse ganhava o direito de cobrar um beijo de quem fosse. Um achado que propiciava festejar os sentidos, entoar canções com poemas de Rosalía de Castro e rubores no rosto, além de acanhamentos.

Não me lembro quantos beijos ganhei ao ser contemplada com as espigas vermelhas. Sei que, ao recordar o pátio da casa da avó Isolina, aperfeiçoo preciosas vinhetas da memória. Elas me suscitam emoções. É com elas, e com a relativa ótica da subjetividade, que examino o mundo.

Estou acampada à margem do rio Araguaia, na ilha artificial que meus anfitriões, a família Pinheiro, ocupam na vazante do rio. Eles me cercam de cuidados, mas me cobram o instinto de bicho com o qual sobreviverei nas semanas seguintes.

Para me orientar, tenho Tarzan e Nyoka em pauta. Heróis da minha infância, eles se defendiam em meio aos perigos da floresta, saindo incólumes de cada teste. Ao contrário de mim que, dona de mera carcaça, mal me acomodo na tenda exígua, que me dificulta os movimentos. Para recolher um mínimo objeto, aplico uma estratégia pensada. Vivo na metade da tenda, dividida em dois por um toldo. O outro lado ocupado por um casal que mal vi na temporada.

Levantei-me ansiosa por aproveitar o primeiro dia. Para banhar-me, havia que me dirigir ao banheiro improvisado do outro

NÉLIDA PIÑON

lado do acampamento. O corpo reclamava água e sabão, harmonizar-se com Mozart, que saía do rádio de pilha.

Obediente, pois, às regras estabelecidas pela tradicional grei goiana para as duas semanas de convívio, abri o fecho ecler da porta de lona. Pronta a sair, quando a luz forte da manhã, que clareou o interior da tenda, e os risos, que vinham de fora alertando-me sobre o que poderia estar ocorrendo, me fizeram recuar. Antes, tive tempo de ver, à entrada da tenda, imóvel, um jacaré de tamanho regular, que parecia estar à minha espera, na expectativa de me abocanhar.

Apesar do medo, meus sentidos diziam-me que a realidade, a despeito das evidências, não passava de mera ilusão. Convinha, portanto, averiguar por que o bicho se detivera à porta, à minha espreita, como se houvesse assumido um compromisso comigo.

Os fatos não eram críveis. Acaso alguém preparara uma armadilha para a forasteira recém-chegada do Rio, só pelo prazer de provocar uma crise que lhe golpeasse a arrogância urbana?

Ofendida com tal possibilidade, desviei o olhar de onde estariam os anfitriões e, em um átimo de segundo, alteei a voz, modulando-a de forma a exprimir a raiva contida.

— Por favor, seu jacaré, espere-me. Vou buscar minha máquina fotográfica.

Ao regressar do interior da tenda com a Kodak, observei que o animal não se movera na minha ausência. Tive, então, certeza de que o haviam colocado morto à entrada da tenda só para me pôr à prova e dissuadir-me de acompanhá-los em qualquer aventura futura.

Sob a regência da matriarca instalada na cadeira de balanço, a família aplaudiu-me a iniciativa. Acerquei-me do grupo e ela estendeu-me os braços para me aninhar. Seu ar matreiro assegurava que eu me reabilitara a seus olhos.

O episódio me redimiu. Alçada à categoria de cúmplice, fui incluída nas expedições, mesmo quando os homens, à noite, saíam de barco para caçar bichos, pegar jacarés.

Ainda hoje guardo a foto. Só a Kodak desapareceu, certamente vencida pelos avanços tecnológicos.

Os desacertos me assediam e o erro é frequente. Contudo, sou um ser de cultura. Nenhum ânimo priva-me de desfrutar de um processo civilizador há muito em marcha. Ou de utilizar a língua da rua e dos livros, que Machado de Assis modelou.

Amo a língua lusa. Através dela entendo que as línguas do mundo formam uma única. Tenho em mira a mítica torre de Babel, cujos delírios linguísticos exortam-nos a abolir a pureza linguística.

Louvo, pois, os sortimentos verbais que se aninham na língua dos homens. Uma orgia musical que expande a estética do prazer, e leva-me a apreciar a feijoada, o cozido, o cuscuz, Machado de Assis, Homero. E me faz agradecer o pensamento que, originário de cruzamentos e do caos, recusa simetrias, divaga poeticamente sem atinar implacável com a concatenação das ideias.

Por trás da língua lusa, esforço-me por formular o arremedo de uma teoria sobre o Brasil, cujo epílogo me ajudasse a viver dentro de seus limites. Mas é bastante ler as primeiras notícias do jornal espalhado sobre a mesa, quando a realidade tergiversa, para me faltar o projeto de pátria. Diante de tal derrocada, julgo-me uma mera idílica, irreal, sujeita a falsas utopias.

Embaralho as cartas para me orientar. O baralho não mente. No ás de ouros sobressai Pedro II na formação da consciência brasileira. Lamento que nos tenha faltado, quando o deportaram sem contemplação, em seguida à proclamação da República. Não lhe deram, os republicanos, tempo ao menos de procurar na escrivaninha umas patacas que levar consigo, para o exílio final.

Foi logo esquecido, exceto por Canudos, pelo sertão brasileiro. Os republicanos agiam como se o imperador ilustrado não houvesse existido. Aliás, quem persiste na história brasileira, que nome boia no panelão do feijão, junto aos pertences do porco? Talvez a barba grisalha, bem-cuidada, de Pedro II, a mais representativa iconografia do império.

O desaparecimento do imperador do Segundo Reinado relembra-me o fantasma do pai de Hamlet a percorrer o pátio do castelo de Elsinore. Só que, oposto ao rei assassinado pelo irmão e pela mulher, exigindo vingança do filho, o imperador aceitou o desfecho histórico sem cobrar represálias. Com tal gesto preservando o país de uma guerra fratricida.

E o que digo à vizinha que encontro no elevador, após o bom-dia que é mera expressão de civilidade? Interessa-lhe o porvir do Brasil, a paz mantida no prédio à custa do nosso silêncio? Indiferentes todos às ideologias, às predileções futebolísticas, aos problemas do bairro?

A vizinha e eu somos oblíquas. Ambas sofremos do excesso de carga que levamos às costas. A canga urbana. Mas, caso falássemos, seríamos banais. Prefiro as bocas cerradas.

LIVRO DAS HORAS

Certos livros resumem quem posso ser ao criar. O *Aprendiz* de Homero, por exemplo, realça uma memória literária que espelha leituras, ajuizamentos, analogias. Instâncias culturais às quais estou atada, mas de que me afasto quando a imaginação me sugere inventar de forma insensata, desgovernada, imprudente, febril.

Como se estivesse habitada pelos mitos que comem comigo à mesa, e se deixam ver enquanto leem o cardápio. São funâmbulos eles, viajam, e eu os sigo, para não perdê-los. Neste afã, não indago para onde seguem e onde estiveram naqueles milênios. Tampouco pergunto que direção vão tomar, se necessitam que lhes explique as noções cartográficas que presidem os mapas modernos. Agindo eu assim com a promessa de que a literatura, que eles ajudaram a enriquecer, ausculte o coração alheio.

Tenho várias tradições. As que herdei e as que prosperam em mim, independente da minha vontade. A tradição íntima impele-me a perseguir mitos, lendas. Sobretudo aos poetas cujas aventuras narrativas me cederam, desde a infância, o dom da ubiquidade.

Entre o verbo e minha pessoa estabeleci sólida aliança, graças à qual reproduzo-me em outros seres, bato à porta de quem seja, às vezes só para lhes pedir um café com pão e manteiga. Desse modo, invado-lhes os corpos sem lhes causar dano. Em troca do registro de suas histórias e da sua rendição, abrando a solidão em que vivem, enriqueço os seus lares.

O livro *Aprendiz*, de que lhes falo, aponta os devaneios que acometem o escritor e que a literatura consente. Um acordo mediante o qual percorro Micenas, Delfos, escuto Heródoto, sucumbo às religiões monoteístas, cujo fascínio corresponde à teologia da imaginação.

Neste translado, visito os povos nômades, incultos, simples pastores, que abandonaram a idolatria, a veneração de múltiplos deuses, para aderirem ao deus único, ao conceito do que é abstrato, invisível.

Os esclarecimentos que os livros encerram não me satisfazem. Forçam-me a apelar para a fantasia e com ela cruzar o Mediterrâneo a remo, levando na proa do barquinho o mito mariano, para depositá-lo aos pés do severo Bernard de Clairvaux.

Para muitos, este apanhado de mitos e lendas corrói a lógica e a racionalidade, mas para mim ele alarga o horizonte criador. Leva-me a me abanar nas noites do verão carioca com um leque mitológico que escolhi a dedo, entre os muitos que trago da Espanha com a intenção de reparti-los entre as amigas.

Afinal, meu coração se enternece quando retorna a casa.

No gabinete da presidência da ABL, minha mesa ficava sob a proteção do retrato de Machado de Assis, já em adiantado processo de branquização. Neste recanto da sala, sob as bênçãos de quem foi o primeiro presidente da Academia, eu enfrentava as dificuldades naturais ao estar à frente da instituição, no ano do seu primeiro centenário. O trabalho, porém, perdia significado diante da responsabilidade de suceder naquela cadeira a um gênio que eu admirava desde a infância, graças ao meu pai.

Cedo ainda tive a convicção de que, se aquele Machado de Assis existira, o Brasil era possível. Não podia se furtar à grandeza a que se destinava. Havia que ser a terra da promissão vislumbrada pelos avós, tão logo me dei conta do lastro que constitui uma certidão de nascimento.

Desde que eleita para a casa, no ano de 1989, cumpro o ritual cuja formalidade, nos últimos anos, ousei propagar. A cada quinta-feira, dia das reuniões plenárias e do famoso chá das quatro, já no pátio, prestes a ingressar no Petit Trianon, o prédio onde os acadêmicos tomam posse e são velados, detenho-me diante do busto de bronze de Machado de Assis, colocado próximo à entrada da casa.

Diante do corpo do escritor sentado sobre o pedestal de granito preto, faço-lhe ligeira curvatura como se fora uma japonesa. Um cumprimento breve, sem mesuras. E as palavras que lhe encaminho variam segundo meus sentimentos. Em geral, o que diz respeito ao Brasil. Sei bem que ele é o meu alento por haver nascido no país. Um fato que me condena a prosseguir, a despeito das desilusões.

Apesar do meu amor, jamais o tuteei. Trato-o de senhor, como se fora ele um habitante do Olimpo. Porque nenhum outro brasileiro mereceu de minha parte tanta reverência. Nunca deixei de considerá-lo a figura que melhor encarna o Brasil.

Mas, se Machado de fato existiu, como perdoar os malfeitores, os corruptos, os que nos aviltam proclamando uma identidade que não merecem?

Fazem-me perguntas e calo-me. Não sou um interlocutor confiável nem para mim mesma. Razão de confidenciar sempre menos. Já não tenho gosto em transmitir segredos, tecer intrigas. Prefiro sustentar o mistério alheio na crença de assim acentuar as virtudes de quem desfila à minha frente. Sem dizer que não confio nos ditames moralistas e transcendentes. Em mim pesam a essência do pão, do azeite, acrescidos do sal.

Sigo observando a alma do vizinho, inclusive a minha. Não vivo sem pensar acima das carências imediatas. Minha cabeça é promíscua, interessam-lhe todos os assuntos. A imaginação, por sua vez, força-me a conhecer os reinos, daqui e dalhures, instalados na história. Com o respaldo destes sítios míticos, estabeleço a fronteira entre a ilusão e o que se designa realidade.

A malignidade da ilusão me atrai. Seu veneno é real. Afinal, o motor do seu sonho acompanha-me antes das abluções matinais. E por que não, se a maldita realidade mascara a visão poética do mundo? Mas como aferir as posturas ilusórias que integram o código diário?

Reconheço o esforço de abstração que o texto romanesco requer para ser verossímil. Em pôr em prática um método que induza o leitor, sob as malhas da estética, a crer que a arte carece da mentira para galgar as altitudes da invenção. E que as porções da mentira, ao redimensionarem a realidade, superam os limites da insensatez da criação.

Formulo mil perguntas. Que diferença pode haver entre a ilusão pessoal, a serviço da própria carne, e aquela outra de estrutura romanesca, segundo a qual os personagens legitimam o seu modelo arquetípico? Não é tudo uma convenção que imita a realidade?

As respostas sucedem-se em meio à desordem e eu gosto.

LIVRO DAS HORAS

Faço discursos, falo tanto que me indago quando dei início a estas funções. Lembro-me há anos de haver-me apresentado na Universidade Fluminense, em Niterói, na companhia da mãe. Uma das primeiras apresentações públicas e que constituiu para mim um desafio. Trazia comigo anotações e um trecho a ser lido, que atuavam como um escapulário para proteger-me contra os males do mundo.

No final da apresentação, a mãe percebeu que os cotovelos sangravam de tanto os haver ralado contra a mesa. A insegurança ao falar, que eu disfarçara, a mãe percebeu. E sofreu tanto com a filha que prometeu não voltar a assistir a nenhuma outra apresentação minha, poupando-se de acompanhar a minha angústia.

Este preâmbulo familiar serve para contrastar a inexperiência de outrora com a aprendizagem que aos poucos adquiri ao ingressar no vestíbulo da oralidade e do improviso. No coração desta língua que tanto me fez sofrer nas vezes em que precisei me apresentar em público. Sobre a qual, no entanto, venho fazendo pronunciamentos públicos, tendo sempre esta língua lusa como epicentro da minha emoção. Em Lisboa, por exemplo, a propósito do nascedouro desta língua, transcrevo registros que fiz como se, ao abordar a língua portuguesa, recordasse as angústias minhas e as que golpearam a mãe naquele dia em Niterói:

"Aqui estamos nós falando o português que nos chegou há cinco séculos, trazida por Cabral e suas treze naus. Uma tripulação formada por homens desajeitados, imersa no sonho voraz, feito de ouro e terras. E tão pouco afeita às boas maneiras que, antes mesmo de iniciar a viagem, sem dissimular a pressa que tinham de zarpar com os barcos ancorados no Tejo, mal despediu-se do rei Dom Manuel, na longínqua manhã do dia 8 de março de 1500.

Pouco sabemos desta fria manhã em que o rei suspirou pelos tesouros e pela glória. Exceto que, impulsionados pelas correntes alísias e pela certeza de que o Brasil, ainda sem nome, existia em alguma parte, as caravelas deixaram a Europa para trás.

Uma viagem cheia de incertezas. Ao longo de quarenta e cinco dias, viram-se prisioneiros dos ventos, das estrelas e de ondas portentosas, até que da proa, onde se acotovelavam, enxergaram terra firme. Tinham, à frente, uma paisagem de contundente beleza, a ferir-lhes os olhos que ainda guardavam na lembrança os sobrados lisboetas e as aldeias fincadas nas montanhas como cabras.

Embora alvoroçados no início, esses portugueses viram-se em seguida escravos de sentimentos confusos. Como se constituísse um fardo pisar a América pela primeira vez. A ponto de alguns sentirem febre e calafrios ao enfiarem as botas na praia, prenúncio decerto das delícias e dos obstáculos de que seriam vítimas a partir daquela data.

Ninguém guardou o nome do primeiro português a pôr os pés no Brasil. Se viera ele do Algarve, com sinais visíveis no olhar e na pele de que os ancestrais oraram em direção a Meca. Ou do Minho, um celta portanto, herdeiro de lendas e da inerente propriedade de narrar. Ou se era um desses suevos, de índole pastoril, dado a contemplações, enquanto as ovelhas fabricavam o leite do queijo da serra da Estrela. Ou, ainda, se teria ele sangue visigodo, de uma grei aguerrida, que varreu toda a Europa no curso da história.

E, enquanto a primeira missa era rezada em latim, os marinheiros, desatentos com Deus, não perdiam de vista as ancas das índias de feições asiáticas, e portadoras de atavios singulares.

Urgia batizar a realidade. Designar o que ali havia de novo. Mas, para surpresa dos barbudos portugueses, as palavras chegavam-lhes tímidas. O idioma não correspondia com presteza à obrigação de descrever aquele continente.

Foi quando um velho marinheiro sugeriu que se inspirassem nos recursos da língua. Com poucos dias de Brasil, aprenderiam a lidar com o espírito americano, com a fantasia delirante, com eventos humanos de obscura tessitura.

Um conselho providencial, pois, já no oitavo dia, os portugueses rejuvenesciam frases inteiras da língua vinda com eles. A ponto de certas palavras ganharem um sentido tão perturbador que o corpo, ao pronunciá-las, sentia-se tomado de intensa volúpia. Um sopro inovador que implantava de vez a língua portuguesa no Brasil, dotando-a de dobradiças e alentos que iriam, no futuro, modernizar a fala daquele povo que apenas nascia. Esta língua que em mãos nativas passou a medrar mais bela que nunca. E que hoje ainda guarda a lembrança de Dom Manuel a acenar com o lenço de Bruxelas para as treze naus a caminho do Brasil."

Não sei se a mãe, Carmen, aprovaria meus desempenhos subsequentes. O fato é que só voltou a me ver falando em público, pessoalmente, no dia 3 de maio de 1990, no Petit Trianon, quando tomei posse na Academia Brasileira de Letras, ocupante da cadeira número 30. Ainda assim, temendo não controlar tanta emoção, por ver a filha única ingressando naquela ilustre instituição, recorreu a um calmante forte que lhe roubou os sobressaltos e as alegrias da noite.

Tenho sede e fome. Fraquejo a pretexto de me humanizar. A tentação do mundo se acentua já pela manhã, quando aspiro uma versão benfazeja da minha espécie.

Falho sempre e não me consola observar os seres em torno. Alguns, fantoches, capengam na sua dimensão moral. Outros proclamam falsa santidade. Herdeiros todos do frustrado sonho de uma humanidade que inventou as utopias religiosas a fim de se redimir. Mas em nome de que princípio pleiteamos as maravilhas que abundam na terra?

A vista da lagoa Rodrigo de Freitas emociona-me. Agradeço não ser cega como Homero e Borges. Contudo, careço do gênio dos que não enxergam, das migalhas de pão, da brisa do mar vinda do Leblon, trazida pelo sudoeste. Diante de tantas dádivas, a vida cobra a própria vida, prega que amemos a quem deixamos há muito de amar. E com que direito, se não há um ideário amoroso que se encaixe no nosso projeto de eternidade?

Ando pela casa, passo em revista os objetos, os papéis, as comidas. É de difícil manutenção a fidelidade às ideias, aos seres, à memória. A norma do corpo é batalhar pela sucessão das carnes que ocupem a cama. É lutar pelas emoções que jamais se esvaeçam. Pergunto, então, se pertenço a uma grei promíscua e desesperada, que após saborear a carne assada no banquete da noite anterior prontamente exige um outro naco.

Entristece-me ser um canibal. Participar do desfile das criaturas mordazes que afundam as mandíbulas de tigre no corpo do vizinho. Mas por que faço registro tão cruel? Tal conduta contesta as minhas insígnias morais. Peço perdão a mim e a todos que humilham gente e bicho sem qualquer justificativa. Pertenço ao paraíso do horror.

LIVRO DAS HORAS

Cada qual tem a casa que lhe serve de abrigo. O lar que aloja símbolos empilhados capazes de contar uma história. Meras senhas de acesso à alma. Um ideário que nos torna amável e evita que assassinemos quem seja sem propósito.

Abocanho, porém, com olhar beatífico, as causas alheias tanto quanto o leitão pururuca, delícia brasileira. Suas idiossincrasias não me são estranhas, igualam-se a mim.

O olhar beatífico da mulher que vejo no banco do jardim projeta-se para um horizonte que não alcanço. Terá ido para os Campos Elísios? Ela me fez pensar que amanhã, após o repasto, visitaremos a mangueira plantada há muito na casa da avó do amigo. Estaremos desfrutando de uma sorte comum. Quem sabe assim admitiremos que o Brasil se prepara para um projeto nacional.

Em tom salmódico, teço considerações. Viagens, hotéis, a realidade que me supre com o necessário. A vida no exterior adia por uns dias minha vontade de retornar à casa que elegi simbólica. Mas de volta, afinal, ouço Schubert, não me descuido da arte que galvaniza os seres. A casa é a pólis que resultou de uma construção milenar. E eu, quantas décadas foram necessárias para render-me à perfeição da *Arte da Pintura*, de Vermeer, ora em Viena?

Há pouco certo cavalheiro no elevador de um prédio da avenida Rio Branco acusou ter-me visto na televisão, em defesa do gênio de Vermeer, que ele não conhecia.

A casa está onde me encontro. Reitero meu amor por ela. Ela vive tanto quanto eu. Gravetinho dá-me as boas-vindas e eu proclamo meu amor por ele, para que jamais duvide.

Estas paredes são o meu motor. Aqui crio raízes no solo da arte e emociono-me com Cervantes e Shakespeare que, havendo vivido em polos opostos, filhos os dois de épocas difíceis, semearam o mundo com o esplendor dos girassóis que Van Gogh, mais tarde, pintaria na Provence.

Constato que não sei esclarecer meu enigma e menos os dos outros. Só anseio por me sentar à mesa na expectativa de degustar o omelete de queijo que Julia Child me ensinou.

Após o prazer do gosto, tento de novo levantar o meu véu, desvendar sentimentos que a vida e a arte provocam. Centrada nas minhas contradições, recordo o uivo dos lobos do Pé da Múa que jamais me quiseram como presa.

São meras questões aleatórias. Minha modéstia não me alça à categoria de demônio vestido de sublime.

❧

O coração surpreende-me. Quando o penso moderado, incapaz de arroubos, ele se alarga, pronto a viver novos afetos, nascidos da matriz que propaga a carência humana.

Curiosa que sou, vejo-me às vezes refletida em alguém como se fosse ele minha réplica. Ambos, eu e o estranho, vertendo as mesmas lágrimas diante das travessas de feijão e arroz, aperitivos da alma brasileira. Resistindo juntos, em uníssono, às intempéries sofridas pelos filhos de Tiradentes, que somos nós, forjados todos com o minério de Minas.

Na sala, Gravetinho fuça os pormenores de uma realidade recente para ele. Pequeno, de cor de mel, ele me faz rir e chorar na medida justa. Sorrio, agradecida, por me trazer vida. Altivo na sua soberania, ele não valoriza que eu renuncie a certos prazeres só para não deixá-lo sozinho na casa. Ignora que seu bem-estar é

LIVRO DAS HORAS

para mim um assunto moral. Minha consciência está a seu serviço e é melhor assim.

Da janela da sala, avalio a beleza da lagoa Rodrigo de Freitas, cuja estética depende da capacidade de cada qual misturar princípios, gostos, esquemas, de abrir-se para a voluptuosidade das ofertas que nos cercam. Assim, o espelho da água denuncia em que estágio estou. Se amadureci com lisura, elegância, para ser quem sou, se ainda há tempo para me corrigir.

Mais adiante, observo o morro Dois Irmãos, de aparência irreal ao se iluminar. À direita, no topo da montanha, o Cristo, de braços abertos, critica o ufanismo nacional. Ele contempla os excessos e se cala. Da casa, em linha reta, quase no rés do chão, os clubes náuticos e as pistas verdes do Jockey Clube.

Despertei cedo e pus-me a escrever com a esperança de ser tocada pela graça. Para o trabalho que ora desenvolvo, qualquer hora e local servem. Só as palavras, com seus símbolos, me pautam. A escrita brota, então, das máscaras que peço emprestadas a quem não sei, com o intuito de me apresentar em público. A escrita, contudo, à minha revelia, anota o inconfessável, a matéria da cama e dos salões. Mas como ludibriar sem a verdade da criação? Se a ficção apresenta, no seu nascedouro, uma verdade feita de falsa coerência?

Sigo para o mercado, atraída pelo supérfluo. Congratulo-me com o bairro e os seres que perambulam pelas ruas. Sei que conquanto a vida não me perpetue, insisto em ser trânsfuga, andarilha, falar o português. O que mais pedir ao Brasil?

Ao final da tarde, o crepúsculo da Lagoa reafirma que a arte reconcilia os seres, aquece-os. O ano está prestes a acabar, há que prestar contas, fazer votos, pedir trégua aos desafetos, aos que se odeiam tanto que só o assassinato lhes abrandaria o coração. Solicitar, sobretudo, mesa farta para os humilhados, febre para os indiferentes, clemência amorosa.

Jogo as cartas sobre a mesa aguardando que o ás de ouros me indique o porvir.

⚜

Minha trajetória é longa, alterou-me. Desde menina pretendi ser aventureira. Pular da janela da casa e velejar na companhia de marujos, sereias, guerreiros da Mandchúria. Convencida de que o relato nascia das façanhas, das peripécias vividas pelo narrador. Sem tais experiências, lhe faltaria autoridade narrativa.

Aprendi com os anos que a aprendizagem se fundamenta no verbo. Quando as imposições estéticas, a leitura dos mestres, os choques pessoais vieram mais tarde e ditaram-me os enigmas da criação. A despeito, porém, do farnel das leituras, dos meandros da língua, sigo fiel às aventuras, à geografia ficcional, aos rostos que absorvo nas ruas.

Como peregrina, sem ilusões, já não sou Parsifal ou Winnetou. Mas ainda sei enaltecer a ilha do Tesouro, a caverna de Platão, o universo de Beowulf. Saio de casa, para regressar mais tarde, sabendo mais. A mercadoria que trago é tecida pelo intraduzível mistério que me subjuga até os dias atuais.

E, para que não esqueça minhas observações, os *molekines* acompanham-me, espalham-se pela casa. Só que, após preencher estes cadernos miúdos, esqueço de averiguar que frase acaso merece salvação.

As estantes do escritório assustam-me com tantas pastas expostas. Contêm originais de um romance, contos, ensaios e memórias que arranco do escuro. Na tarefa de memorizar, tenho escrúpulos em contar tudo que sei de mim e dos outros. Não sou dona da matéria que me confiaram. Anoto o que posso, só a vontade me sofreia.

As lendas são espúrias. A legião de anônimos que as engendrou julgou conveniente adicionar uma visão que excedesse o gosto pessoal, para ganhar assim uma dimensão coletiva.

As lendas abarcam o drama, a tragédia e abrigam no regaço os ideais provenientes de cavaleiros medievais e saltimbancos. Só me resta aspirar a ser lendária, ao menos por uma semana. Estas lendas que, revestidas de andrajos, tendem a converter o vilão em herói. Fazem do homem comum um dragão justiceiro. Alguém que, embora ascético, defende com unhas o projeto que ele próprio encarna.

Que planos tenho? Se possível, viver, trabalhar, esforçar-me por compreender a batalha comum de cada homem. E festejar o sábado vindouro que será, quem sabe, prazeroso.

Se cada dia confirmar o que sei desde a infância, sem me haver transformado em bicho ou santo, como Antão, agachado em cima de um tronco à espera da santidade, terei sorte, fui poupada.

Ambiciono terminar um livro, que é um ato de bravura e solidão. E rezar para que a visão do próximo opúsculo ocupe o meu horizonte. Para tanto, careço de sanidade mental, de concatenar ideias com as quais administrar o cotidiano, de ter energia física para saltar da cama e caminhar pela casa, onde mais gosto de estar. E de saudar a modéstia da minha vida que é tudo que possuo.

Recentemente, na festa de Reis que Roberto Halbouti ofertou aos amigos, Torloni chegou com esplêndidas romãs. Belas, como fazia muito não as via, pareciam ameaçar-nos com seu arsenal de sorte, de acordo com a tradição.

Ofereci-me para abri-las seguindo a técnica dos chefes cujos ensinamentos acompanho nos vídeos e na televisão. E que consiste em cortá-las pela metade, virar para baixo qualquer das partes seccionadas e, com um rolo de madeira, bater seguidas vezes no exterior da fruta, para as sementes saltarem para o prato.

Concentrada na tarefa, ouvi atenta as instruções que Christiane Torloni dirigia aos convidados. Cada qual devia, confiante na sorte, colocar na mesa uma nota no valor que estipulasse, colher três caroços da romã, chupá-los e depositá-los sobre a cédula, enquanto formulasse três pedidos ao árabe Baltazar, ao indiano Belchior, ao etíope Gaspar.

Ainda que a encenação não fosse de teor religioso ou litúrgico, mas de caráter pecuniário, valia observar com que crença os rostos arrolavam seus bens, na expectativa dos pedidos serem atendidos.

Eu repeti os nomes dos três magos com unção, eles que viram o Cristo no presépio e cujos símbolos venceram milênios, sem saber, porém, o que pedir. Afinal, o que mais necessito além de saúde e paz?

Formulo ideias, mas logo se esvaem. Aleatórias, são breves. A fugacidade da minha condição propaga a esperança, a despeito da vida me ameaçar tão logo desperto na minha cama da Lagoa. A violência da cidade, e dos nossos tempos, constitui o escarro que atingiu o Cristo a caminho do Gólgota.

Ciente dos riscos, como o avestruz, enfio a cabeça sob o travesseiro. Posso assim ser covarde e injusta, acusar a quem seja, e perdoar a mão corrupta que frequenta os mesmos salões que eu.

Ainda não morri, continuo com pernas, tronco, bens, memórias. E, caso perca o rumo, exibirei meus restos no pátio dos milagres, junto às demais deformidades. Mas recuso ser voraz como reação ao cotidiano que me quer desfalcar.

⚜

A cultura marca o tempo da história. Sua produção confere rosto e memória a uma época. Que espécie de Brasil conheceríamos hoje se Machado de Assis não tivesse se inclinado a um pessimismo revolucionário?

O mulato Machado que, a despeito de ser autodidata, de origem popular, forja um projeto de arte que ensejou ao Brasil reivindicar um lastro de modernidade, de desenvolver uma reflexão reformista.

A partir deste intérprete, os passos contundentes da arte nos perseguem. Já não podemos abdicar dos primórdios da cultura brasileira, ou conformar-nos com a suposição de que o isolamento, sofrido pelo país ao longo dos séculos, afetasse a avaliação inaugural da cultura, gerasse um insolúvel sentimento apátrida.

Quando a língua, que nos salva, incorpora até simples interjeição a um legado irrenunciável.

Auscultar, pois, os primórdios da cultura brasileira é um ato ofensivo a quem já somos. Há que dar um basta à crença de ser a cultura privilégio dos cultos que mantêm no gueto qualquer obsessão criativa ou interpretativa contrária à sua.

A cultura, em que patamar esteja, onde se esconda, nas cavernas ou nos subterrâneos, reflete a avassaladora alma de um povo.

Conversemos com acadêmicos e amigos que me oferecem saber e o chá das quatro na Academia Brasileira de Letras.

❦

Há meses estou acampada em Washington. Após as aulas na Georgetown University, despeço-me dos alunos e sigo para casa. Mas, nesta sexta-feira, decido caminhar, desligar-me do mundo, antes que amanheça.

Enquanto observo os transeuntes, e cuido das provisões domésticas, cumpro o desígnio familiar de optar pela abundância. A herança de se exceder provém do avô Daniel, prepotente e generoso, cuja alma em algum momento naufragou sem meu conhecimento. E que repetia, à saciedade, ao apontar as travessas vindas à mesa:

— Se não sobrou, faltou.

Após as compras, a caminho do lar estrangeiro, cruzo a pequena praça, passagem obrigatória. Observo, então, alguns homens sentados nos bancos de madeira. Eles não me devolvem a mirada que lhes dei. Suas roupas, gastas, com remendos, acusam a exclusão social. Assim como o carrinho de mercado, com per-

LIVRO DAS HORAS

tences em caixas de papelão, é a casa que eles têm. A morada os acompanha para onde sigam.

Nada neles revela que funções assumiram no passado. Resignados com o fracasso diário, imagino o tipo de astúcia que se associa aos seus projetos de vida. Como se, ao haverem desistido de conquistar o mundo, a ilusão limite-se agora a um prato de comida e o abrigo para as noites frias.

No miolo da praça, tenho-os próximos, sem fazer ruído. Suspeito que se calaram à minha aproximação. Só devem exercitar o verbo entre eles. Minha presença os ofende. Percebo o quanto a solidão lhes dói e não sei como associá-la à história universal. Se haveria uma fórmula de resgatá-los do abandono social a que estão relegados. Se acaso uma família, uma seita, um clã inimigo os teriam poupado desta via-crúcis, servido para evitar-lhes o embaraço de tal abandono? E indago ainda a razão da família e dos adversários de outrora não lhes fazerem companhia, não os terem dotado de mínimo instrumental de sobrevivência. Ou de nada vale o socorro enquanto cada qual batalha pela salvação radical?

Penso no ideal humano, enquanto cruzo a ponte para chegar ao lar, meu, nos últimos meses. Neste período, sou minha única família, e esta certeza me reconforta. Fortalece-me saber que levo no coração os laços forjados no curso da vida e que, embora alguns se tenham desfeito, não pretendo viver da moeda do rancor ou da felicidade.

Na taberna da esquina, os vapores que saem dos barris denunciam o malte e a cevada vindos do norte europeu, dos bárbaros de então. Há pouco meu assistente me levou à taberna para apreciar a cerveja escura, quase tíbia. O local, de luz reduzida, era propício à clandestinidade. Estimulava vícios e esperanças. Embora sombrio, os frequentadores, enquanto sorviam a cerveja, orgulhavam-se dos próprios segredos.

    O professor regozijava-se com a espuma do copo. De cabelos negros, pareceu-me de repente um *viking* a pregar bons presságios, fantasias, excursões pelo mundo Ao despedirmo-nos, afagou-me a mão, citou Cervantes e disse que me queria bem.

    Antes de subir para o apartamento, compro o pão recém-saído do forno. Pago com moeda vencedora, que inspira confiança. A caixeira digita os números na expectativa de me devolver o troco justo. Também eu conheço os limites do meu consumo. Caso exorbite, cancelam-me o crédito, e não tenho a quem recorrer.

    Sob a guarda do universo norte-americano, a tradição é socorrer-se a si mesmo. Razão de ser comum que, após o término do *college*, os pais lancem o filhote à arena onde os leões estão à espreita. A fórmula aplica-se para acelerar o ingresso do jovem no cotidiano. Não deve ele abstrair-se de uma realidade que, igual a uma navalha em ação, fatia a carne que se distrai e não se ajusta ao mundo dos homens.

    Eu, porém, procedo de uma casa onde pai e mãe entoaram aleluias, aliviaram os meus gritos, para eu crescer sem o pavor de sentir a minha vida em permanente perigo. Por isso, talvez, ao contar com proteção tão desvelada, arrisquei-me, fui ao chão. Havia a mão que ensinava a me erguer.

    Materializo as pequenas utopias do cotidiano sentada na cozinha da casa, vendo as bocas do fogão ocupadas pelas panelas.

LIVRO DAS HORAS

Uma paisagem familiar que me traz alento. Simples quimera que me fala das noções que guardo da pátria e da língua.

O Brasil é o meu país. A declaração, conquanto enfática, é também precária. Afinal, nada sei das diretrizes inaugurais que se formaram a partir do desembarque dos portugueses no nosso litoral. Os instantes constitutivos que esboçaram a cartografia da vida e dos sentimentos.

A cada amanhecer credencio-me a caçar saberes e a criticar a coroa arbitrária de Brasília que usurpou o poder popular. Como consequência, exijo reparos e cobro um país adequado à minha cidadania. Mas o que é um país, além da língua exposta na praça, na feira, no parlamento, onde se fala o dialeto secreto das carências humanas? Ou o país é simplesmente o local onde se nasceu e encontramos as jazidas do espírito e da esperança? A terra das realidades que esboçam o mapa do Brasil, desde o Oiapoque ao Chuí.

Em 1990, no discurso de posse na Academia Brasileira de Letras, confessei ser brasileira recente. Uma frase que hoje contradigo. Palavras que, à época cronologicamente verdadeiras, não refletem o que hoje me assombra. Afinal, ao longo dos anos, armazenei uma maturidade que dói, superei o temor lesa-pátria de não ser capaz de interpretar as fadigas históricas, o que ficou para trás, mas que é sempre nosso.

Há muito sinto-me antiga no Brasil. Roubei da história pátria os episódios que me faltavam, e sobra-me agora autoridade para crer em uma nação que reparta benesses. E embora discorde, em muitos aspectos, dos intérpretes brasileiros, não prescindo de sua leitura.

Confesso sem pejo que o Brasil é ressurreição e naufrágio e que não concebo vida plena fora de suas fronteiras. Este é o discurso que me precede, herdado da família. O que não me impede de entender o mundo de Netuno, de Plutão, de Deméter, do Hades, além dos beneplácitos e dos horrores do coração.

Aos poucos, como prêmio, traduzo a fantasia do reino brasileiro e rasgo as páginas dos originais abandonados nas gavetas da casa.

❧

Onde esteja, no Rio de Janeiro ou Teresina, faço parte de uma manada, de um rebanho, de uma colmeia. De um conjunto de vacas e de bois, de criaturas extenuadas que consomem anos mastigando a erva que amarela sob o cáustico brilho do sol.

Embora humana, com tronco, membros e certo cérebro, transito por animal de pasto, por bicho que voa, por seres que desprezam a crueldade de minha espécie.

Sou um terrestre modesto e, segundo o vulgo, não arroto grandeza.

❧

Vivo onde posso. Estou onde a imaginação me sugere. Trafego pela orla da Lagoa, pela Via Apia, pelos rios Tigre e Eufrates, enquanto perco a última inocência.

Envelheço. Acompanham-me esparsas memórias e certa nostalgia provinda da dificuldade de me enamorar. A vida, no campo afetivo, é atualmente um mero esboço povoado de agruras e regozijos.

Minha regalia, porém, é mergulhar no passado, séculos distantes, e exaltar-me com a leitura dos gregos e dos romanos, com os quais estabeleço identidade. Quer como heróis ou como pensadores, eles emergem indistintamente de Micenas e de Atenas, e acolhem a brasileira que buscou nos clássicos um ideal civilizatório.

A imaginação, porém, exorbita e, não satisfeita, traz estes gregos para o lar, em plena cidade do Rio de Janeiro. Acomodo-os com naturalidade em torno da mesa, e reservo para Tucídides um lugar à minha direita.

Sob a expectativa de vê-lo provar a feijoada, preparo-me para lhe explicar a épica carioca, que se comporta alheia às idiossincrasias arcaicas, aos papiros escondidos nos túmulos, aos cacos de terracota. Aliás, a mãe, a propósito das escavações arqueológicas que devolviam os milênios soterrados aos tempos modernos, demonstrava implacável incredulidade quando confrontada com os objetos encontrados entre os escombros. Ao ler as notícias, duvidava da veracidade da história que excedesse a dez mil anos. Qualquer ânfora acaso encontrada à beira do litoral mediterrâneo, e de preferência do lado do Oriente Médio, e supostamente de 4322 a.C., motivava sua descrença.

Diferente dela, eu cogitava que a referida ânfora serviria para Cassandra beber o hidromel, minutos antes de Agamenon arrastá-la para dentro do palácio, onde seriam ambos executados por Clitemnestra e Egito.

O passado me ampara. Aos parceiros gregos devo a crença na imortalidade, na noção de que sou parte da sucessão humana. Aliás, só de pensar que os sucedo, ganho alento, simplifico minha transcendência.

Um dia, a mãe manifestou desejo de me falar. Pela forma como me abraçou, o assunto era sério. Disse-me que, embora fosse uma menina perceptiva e inteligente, faltava-me a habilidade de falar bem. Sugeriu-me, com fina cautela, que aprimorasse o discurso, casasse a imaginação com as palavras, a fim de que os demais apreciassem a exposição clara e corajosa das ideias.

Talvez insinuasse que eu devia, desde cedo, desvendar o coração e cancelar qualquer projeto de mistério que acaso começasse a ter. Estranha sugestão para quem, como ela, prezava o pudor, não aplaudia confidências inadequadas, parecia falar mais consigo mesma do que com os demais.

Não recordo que gestos usou para eu aceitar a reprimenda sem imergir na infelicidade.

❧

Sou pecadora. Peco a caminho do coração. Neste epicentro, alojam-se erros e o clandestino mistério. À sombra do pecado, que é um cadafalso, afino-me, dispenso a benevolência do sacerdote que mal sabe da vida. Elejo a consciência para estabelecer meu padrão de conduta.

Contudo, renunciaria a certos propósitos se me visse forçada a arrolar meus delitos. Capaz de alegar ser herdeira das práticas inerentes à nossa civilização, como quando pule a cerca para viver e me censurem. Acaso fui a primeira a desafiar os mandamentos de Moisés que, embora louváveis, nos induzem à conformidade?

Leis que, nascidas no deserto, escoram ainda hoje as vigas do meu inconsciente. E que, no conjunto, impedem-me de fugir do círculo de fogo do seu comando e obrigam-me a reconhecer que, ao experimentar o alvoroço da liberdade, aguardo os aplausos de Deus.

A noção do mal, que martela a consciência, traduz-se em culpa. Quando o certo seria redimir-se sem o socorro de Deus, cujo arbítrio desconsidera a nossa natureza, fustiga os gestos libertários, a luxúria. A argamassa bela e frágil de que somos feitos e que aspira rir, amar, ser feliz.

Durante anos imitava familiares e estranhos vistos de passagem. Como caricaturista infantil, o meu desenho captava os traços essenciais de quem fosse.

A família aplaudia tal teatralidade e sentenciava estar eu destinada ao palco. No entanto, ao abandonar o hábito anos depois, ninguém notou. Como se, afinal desprovidos de meus trejeitos, estivessem livres para perceber o mundo a olho nu. Não sofri. A essa altura, aprendera que a escrita, como nenhuma outra arte, reduzia o ridículo humano ao moinho de vento de Cervantes.

Como resíduo daquela época, reproduzia às vezes na intimidade as características alheias, as muletas verbais, os rictos faciais, a coleção de gestos que eu colecionava ao sabor da fantasia. Havia movimentos que pareciam provir de uma tradição arcaica, oriunda talvez do Peloponeso, outros de um cruzamento familiar ou de amantes surpreendidos no delito sexual que, após serem expulsos da aldeia, pediram abrigo na rua Dona Maria, na casa onde nasci, quando me impregnaram com maneiras imperceptíveis de dizerem que ainda se amavam.

Os gestos forçam-me a fabular. Eles fazem parte da coreografia do cotidiano e matizam o pensamento, reforçam o teatro que cada qual leva consigo. Razão de não me despojar dos gestos, ainda que me sobrem. Não são exatamente modismos do meu corpo, mas sinais de que sou igual aos demais e que, por conta deles, circulo por bairros e casas de sapé. Pois estou certa de que verbo e gesto constituem o mistério da pólis.

Estou em Nova York e dissipo a súbita tristeza que me toma. Toco o coração, arranhando ligeiramente o peito. Ajo com cautela, não me quero machucar, golpear-me fundo, transformar-me em frangalhos. Não sou minha inimiga. Respeito esta natureza precária por meio de consideráveis atenuantes. E descarto a noção da queda impressa na consciência ocidental dos cristãos.

Não uso escudos em minha defesa. As minhas salvaguardas contrariam posturas ressentidas. Almejo tão somente mergulhar no caos do meu inconsciente e afugentar os efeitos de códigos forjados à minha revelia.

Amei Nova York no passado, que já não me exalta como antes. Quando aqui venho, reverencio certas memórias aqui vividas. Mas ainda não cortei meu nó górdio com a cidade. E tentando distrair-me, visito as vitrines que me recordam a deslumbrante composição cênica que Leila Menchari projeta a cada ano para o Hermès, da Faubourg Saint-Honoré. Reparto as descobertas estéticas com Chicô Gouveia, que apregoa lições sobre a arte do olhar que seleciona e liberta. No entanto, a estética também pode ser opressora, aprisiona os passos da criação.

LIVRO DAS HORAS

Nova York é um espaço cênico que me esgota, pois não sei que papel desempenho. Como instalar-me na Broadway, estar na coxia, prestes a pisar o palco, ignorando que falas e gestos cedo para o público. Tudo é a contrafação de uma verdade cuja fórmula se esconde nos incunábulos do ano mil.

Sinto que Nova York me vigia, decidida a decretar minha obsolescência. O tempo útil para viver. E não é assim em qualquer parte do mundo em que nos apressam a morrer para os demais tomarem nossos assentos?

Breve, perderei o sentido da existência e aliviarei meus sucessores, decididos a apagar meus rastros. Assim marcha o mundo. Sobreviver é difícil, mais ainda é levar altivo a coroa de lata na cabeça. Além do mais, o Brasil não ama quem ascende ou se torna herói por designação do destino. Ao contrário do país do norte, que ofertou a Madison o colosso do Madison Square, esquecendo-se de reservar o mesmo local para Hamilton ou Alexander, figuras maiores na construção dos fundamentos americanos.

Saboreio o cachorro-quente da esquina e abasteço-me com minha porção diária de espinafre. Amanhã irei ao *deli* Carnegie, situado na Sétima avenida, para cumprir o ritual do *corned beef,* cujas carnes originárias da Europa Central pulam fora das fatias do pão integral.

À tarde, antes do teatro, renovo outra classe de votos. No East Side, na pequena loja pegada ao Four Season Hotel, entronizo o caviar, cujas jovens russas, delicadas e louras, servem-me o Oscietra. Avara, espalho os grãos sobre as torradas transparentes, acompanhadas de vodca gelada. Degusto com olhos cerrados.

Entre amigos, caminhadas, teatros, museus, restaurantes, consumo os dias. Um universo fugaz que expressa atração pelo que é provisoriamente perfeito.

⚜

Invejo Atenas. Quisera seguir os passos da deusa em sua andança pelo mundo. Observar como atuava diante do seu dom de assumir qualquer forma desejada. Ciente de um poder diante do qual nada constituía obstáculo.

Sob seus auspícios, eu assumiria mil formas. Mulher, homem, bezerro desmamado, tudo ao mesmo tempo. Capaz de enveredar pelos labirintos do desalento e da alegria, até passar a ser quem careço.

Voaria com reluzentes sapatos dourados, dispensando as asas de um Boeing ou do tapete mágico que a ilustre linhagem dos Abássidas, de Bagdad, enviara para o Rio de Janeiro.

Embora resida no Brasil, caso quisesse, poderia viver em outra cartografia. Mesmo instalar-me no Olimpo, ora em ruínas. Mas prescindo de palácios de mármore, das colunas dóricas ou jônicas, de um cenário ideal para sonhar.

Também recuso dormir às margens do Mediterrâneo, cuja brisa os deuses assopraram a fim de espargir entre os humanos seus códigos irados. Aquele *mare nostrum*, cuja serenidade é aparente, sem aviso ruge e libera tempestades.

Mas só posso me alojar no Brasil. Esta casa que considero minha utopia. Um arcabouço de pedra e cimento que armei para descansar, criar, e proteger-me contra Zeus, Brasília, e tudo que me queira abocanhar.

Sou um casulo que aceitou viver com suas contradições. E não me censuro por isso. Entre as paredes do meu corpo, realizo todas as tarefas. Durmo, alimento-me, amo, banho-me com essências. E finjo às vezes que imito Atenas a pretexto de forjar meus personagens. E isto por reconhecer que o personagem pode ser filho de Atenas ou de qualquer deus. Daí ter os dedos lambuzados da ambrosia servida em pratos de alabastro.

Mas estas entidades, iguais a nós, são fraudulentas. Concebidas pela imaginação, salvam-se graças à função novelesca dotada com espírito aventureiro. A nós, eles devem a metamorfose que lhes atribuímos. O que me faz crer na eficácia do leitor que lhes empresta o próprio corpo só para que estes deuses ganhem visibilidade.

Aguardarei que me chame. Não sei quanto tempo terei, mas para você, onde esteja, disponho de todo os dias do mundo.

O sol me desperta pela manhã cobrando parte dos lucros obtidos na véspera. Reajo a tal apropriação. Julgo injusto perder o que ganhei ao longo dos anos. Ou aceitar sócio que não me ceda espaço para eu respirar.

Graças ao sol, a vida não passa de uma metáfora que acato por conta da percepção poética. Daí exigir que o espelho revele as sobras do meu corpo enquanto indago se acaso a minha espécie equivale ao espinho da rosa que se gaba em extrair sangue do anular de certa princesa.

Não há resposta. Os saberes, em pauta, me debilitam se não faço uso contínuo das analogias, que é mania minha. E por que não, se tudo que brota é parte da lenda que irrigo. E que, ao florescer, só será imortal enquanto eu viver.

Outras estranhezas participam do cotidiano comezinho por força da arte que, mantida inicialmente dentro de um espartilho, expande-se, libera o corpo verbal cerrado a sete chaves.

Pergunto se há um comando que, em defesa da veracidade, estimula um rigor desmedido.

Há livros que nascem devagar. Outros, abortados pela negligência e fanfarronice, não veem a luz do dia. Não passam pelo crivo dos leitores com suas garras assassinas ou piedosas, segundo critérios inexplicáveis. O ritmo que pauta a escritura assemelha-se à vida humana, que desabrocha aos poucos, a partir do berço. E fenece às pressas na maturidade, quando falta pouco para decorar o caixão com flores, convocar alguns amigos, e abrir a vala comum.

Morrer, aliás, é tão fácil que me surpreende como estamos vivos, se levarmos em conta a dificuldade de respirar, de acordar com dores que nem os médicos combatem ou explicam. E que, quando esclarecem, só eles entendem. Já que o dono da própria vida é mantido alijado do sistema científico, não lhe fazendo falta saber a proclamação dos doutos. A ele só cabe emprestar o corpo para a prática de uma medicina que prospera à custa das doenças.

O livro, pois, tem o curso da vida. É febril, tropeça, exulta, atravessa as fases da existência. Se esta analogia é deplorável, importa apenas que ao criar se tenha gosto pela história capaz de espelhar uma paixão. E que, ao aninhar o exemplar recém-publicado contra o peito, eu o aqueça, o gesto seja minha carta de alforria. Cravado em meu coração, é mister que exista.

A linguagem da paixão eu não traduzo. A língua lusa me falha quando descrevo um sentir provindo da zona obscura, onde nem enxergo e ouço. A paixão, contudo, é a pegada do ser, e sua cicatriz, instalada na carne, prova a virulência da luxúria. Mergulha no caldeirão onde se prepara o caldo a ser bebido à guisa de poção mágica. Sempre na expectativa do arrebato se esgotar, antes que se peça licença para morrer.

Imersas na turbulência do desejo, as vozes contraditórias renunciam ao diálogo, perpetuam a fagulha da carne. Em tal estágio, cessam confidências e arrazoamentos.

Tal paixão cegou Tristão e Isolda e constitui a tragédia sem a qual não há ânimo em viver.

Heródoto admitia o efeito e a influência do *demonium* sobre os atos humanos. Mas desvinculava o humano da dependência dos fatores naturais e econômicos. Como se no interior dos homens se abrigasse uma magia vizinha à divindade dos habitantes do Olimpo.

Um sagrado que, colado ao mundano, pautava a incompreensível conduta dos seres. O que os motivaria a sonhar com uma grandeza reservada aos heróis e que não se coadunava com os atores da praça, meras criaturas do cotidiano.

O sentido narrativo de Heródoto deixa transparecer uma afortunada eloquência. Ao peregrinar pelo mundo, ele favorece com audácia de narrador o que desconhece. Auspiciava que suas criaturas, no trânsito pela geografia e pela história, interpretassem a própria vida mediante uma autoridade oriunda da atração que sentiam pelo destino. Os fados que Heródoto traduzia como parte da sua arte historiográfica.

❧

Sou um ser dramático. Esbarro com facilidade na ambiguidade da minha condição e nos limites da linguagem. Animam-me os sentimentos coletivos e a consciência precária.

A arte, contudo, jamais me deixa. Companheira de jornada, é tão onisciente quanto Deus. Irradia caprichos pelos pontos cardinais da casa e da existência. Ilude a minha mirada e distorce as noções que tenho do espaço e da passagem do tempo. Sua densidade me asfixia, mas só esta arte maldita é o sal e o açúcar dos meus dias.

Por dever de ofício, afio pela manhã os mil instrumentos com que a arte me dota e recenseio aos poucos o mundo visível com o intuito de narrar uma história. Um ato singelo que me causa desassossego, ruge em mim, esfacela-me, dispersa-me.

Indago se serei profunda, ou inconsequente, no que se refere à vizinhança do abismo que me ameaça. E se serei um dia capaz de resumir em uma única página a matéria poética constituída de partículas que latejam em mim. Um milagre que me levaria a encerrar-me na casa, que é o meu corpo e as minhas memórias. A buscar afinal a dimensão que me falta, a ultrapassar quem sou. Antes, talvez tenha que visitar labirintos, subsolos, locais sem luz e esperança, e lancetar o tumor humano para aliviá-lo do alude da dor.

Antes de me encerrar na casa, que é corpo e memórias, estou sujeita ao advento estético que um livro ou outro me desperta. Diante da grandeza alheia, de Montaigne, por exemplo, ignoro que trilha seguir. Mas sei que é mister padecer para ter em troca, à minha disposição, a substância da arte.

Acaso estou a proclamar meu fracasso, exibindo piedade pelo meu pobre coração? Não, não é verdade. Não vale sofrer em público só para lhes convencer de que sou uma artista. Nada justifica tal pena.

Celebro o imaginário oriundo de todas as partes. Da casa-grande e da senzala, das moradas indígenas. Sob a égide popular, e da minha ancestralidade, a arte, instaurada em mim, sintoniza-se com os universos alheios.

Como seres da imaginação, rabiscamos no papel palavras que seguem para o lixo da história. É obrigatório, pois, fabular com o fio cuja fragilidade ameaça romper-se ao final do dia.

A imaginação, tida como assunto de pobre e de mulher, de infante e de distraídos, é socialmente desvalorizada. Em Bagdad, aliás, no áureo período dos Abássidas, julgava-se a imaginação de baixa extração social. Um bem inerente aos feirantes, aos peixeiros, aos funâmbulos, os que perambulavam pelo mundo sem eira e nem beira. Ainda aos marinheiros que abandonavam em cada porto seus espólios com a esperança de gerar em algum ventre um filho com a missão de contar as histórias que o pai falhou em prosseguir.

Muitos confundem a imaginação com a fantasia, o tecido urdido pelas mãos femininas. Para se crer que fantasia e imaginação, enlaçadas, integram o repertório dos desvalidos, dos desclassificados, da esfera da mulher. Dos seres que dotados de audácia alienavam a realidade como forma de legitimar suas existências.

Não sei como me apresentar a mim mesma nos momentos que se seguem. Tento dissipar a repentina tristeza cuja origem ignoro. Toco no próprio coração que parece às vezes não estar ao meu alcance. Assentado à esquerda do corpo, concentra-se nele toda a gama de sentimentos. Mas o que esperar de uma zona faustosa e sombria ao mesmo tempo, que me leva a agir como se me faltasse juízo, discernimento. Capaz, no entanto, de ir tão fundo no ser, que mal se regressa à superfície.

Sei da propensão do mal a nos arrastar, mas resisto às intempéries. Não me aceito em frangalhos. Procuro atenuar o sentimento da queda provindo do mundo cristão. E adoto salvaguardas pagãs, evitando, assim, conflitos entre o deus único e os deuses gregos. Afinal, estes gregos arcaicos deram trégua aparente ao deus judaico a fim de expandir-se, mas se mantêm de guarda.

Em Nova York, nestes dias, há belos objetos expostos nas vitrines. Eles exercem atração sobre a fantasia desenfreada. Uma composição cênica que não me atrai, mas cobra que eu gaste meu suado dinheiro. Estas vitrines são um teatro sem fala, que dispensa o verbo como justificativa estética.

Visito Nova York envolta com mortal escudo. Não desejo me enamorar de novo pela cidade. Sua modernidade exagerada me fadiga. A cada temporada, despeço-me. Até que não retorne mais. Deixarei para trás afetos queridos e maravilhas criadoras que abundam. Acaso é um mal-estar ao qual devo me habituar? Por que me sinto assim? Será que o sol ao despontar no Central Park me trará luz? Mas a esta altura para que serve o sol dos 20 anos?

Choro ao ouvir Villa-Lobos. Ele parece dizer quem sou e me faz esquecer compromissos cosmopolitas que acaso assumi com a engrenagem civilizatória.

Posso dizer que, se Villa-Lobos expressa a cultura do Brasil, o cuscuz que provei em Fez explica minha viagem ao Marrocos, assim como as demais viagens que realizei sem sair de casa.

Este compositor ajuda-me a penetrar no mistério de qualquer labirinto, tanto o de Minos quanto o da cidade árabe, já que servem para nos aprisionar. Não há como fugir de seu perverso esboço.

Reconheço-me escrava da memória que não apago com borracha. Ela me abate com o mesmo tiro da espingarda com a qual vi o pai, a caminho do Pé da Múa, junto com outros caçadores, disparar sua arma sem querer no cachorro farejeiro. A dor do pai à época me marcou para sempre. Acompanhei-o de volta a casa, arrastado pelos companheiros, quando, encerrando-se no quarto, sem querer ver ninguém, se pôs de luto. Às vezes, em prantos, se amaldiçoava, o mesmo que eu faria caso involuntariamente abatesse Gravetinho, o visse morto à minha frente. Não posso medir meu desespero. Era natural que ele recusasse o alimento, não se perdoasse por um erro que levou à morte um dos cachorros da Porta Carneira, casa da avó Isolina.

Esta perda me abateu. Serviu-me para perceber como as ocorrências próximas abalavam o meu ser. Qualquer pormenor impunha-me uma avaliação moral capaz de afetar os meus passos, de torná-los trôpegos. Enseja que eu indague quem há de me salvar, além de mim mesma. Sem me descuidar por isso do pão e das notas musicais encravadas nas partituras. Mas, para melhor amar Villa-Lobos, é mister recorrer ao Luís Paulo Horta?

O pensamento alheio atrai-me, assim como seu corpo. Fazem ambos parte de um cotidiano que exala cheiro de uso.

A matriz do pensamento emite aviso a que não tenho acesso e acautela-me quanto ao vizinho que me ronda. É oportuno manter a porta cerrada. Embora este abstrato vizinho viva tão aturdido quanto eu. Tem tanta dificuldade em digerir os afazeres obrigatórios que regressa a casa sem saber se a vida lhe arrancou mais que lhe cedeu.

Questiono se tenho aptidão para viver. Se as emoções, advindas do forno do desejo, ainda me provocam arrepios. Se embalo a quem tenho ao meu lado com *berceuse* desafinada. Se contemplo a quem seja com a intriga que a cidade propagou já pela manhã, enquanto se tomava café e com a espátula espalhava-se a geleia na torrada. A urbe, em sua totalidade, é um arauto que anuncia os primeiros sinais de um cotidiano capenga.

A esmo, pelas ruas, ajo como uma libélula sem pouso. Dardejo setas pelos salões e acompanho o ritmo dos convidados que organizam os carnês de baile e as agendas de trabalho. Como certo cavalheiro que cofia o bigode e não parece pessimista. Suspeito ser um predatório cuja meta é arrastar a jovem escriturária da sua banca para o motel próximo.

Talvez eu me equivoque no julgamento. Quantas vezes engendrei um enredo e me arrependi. Quem sabe o cavalheiro é um cordeiro dócil, um *agnus dei*. Além do mais, o que dizer do amor clandestino, que cede à ilusão da liberdade, à vaidade de se crer herói de si mesmo?

O certo é que o espetáculo humano na sua magnitude me frustra. É um banquete para o qual somos convidados, sem merecer o segundo prato. Justo o *medaillon* que traz na superfície a fatia de *foie gras*.

Peco ao avaliar sentimentos. Mereço que decretem a minha insolvência. E que, ferida pelo repúdio, contemporize com o vandalismo contemporâneo.

São meras divagações. Em breve o crepúsculo desponta sem eu saber quem sou. Aguardo que uma réstia de luz projete sobre o meu rosto a imagem que finalmente eu enxergue.

É um exagero considerar o artista prisioneiro de sua criação. Como se, encarcerado na cela da arte, ajudasse melhor a transfigurar o mundo.

A arte, no entanto, em sua simplicidade, acata que eu recolha as provisões com as quais inventar. E que, ao me desfazer do supérfluo, desenvolva o que jaz fora do horizonte visível. Para em troca pontilhar a realidade como se fora Vermeer.

O pintor cuja falsa placidez, regalou-nos a *Arte da pintura*. A tela à qual Vermeer delegou a sinistra função de falar ao coração humano, e dela cuidou como se fosse morrer na manhã seguinte.

Sua arte excede a invenção ao submeter-se à imaginação, obedece à carência humana. Sai de seus limites. Por meio da experiência radical, o pintor conferiu à criação o direito de reger para sempre o meu ser brasileiro.

E o que mais acrescentar? Para onde gire, Vermeer me segue. A mirada do artista sugere que faça a minha parte. Atreva-me a recolher o material da vida e a transforme em arte. Se puder ou tiver coragem.

❧❀☙

Em que museu senti envelhecer e perder a esperança? Talvez diante da tela onde os mortos, empilhados, engrandeciam o cenário pictórico. Um quadro de proporções avantajadas, longe do Prado, onde as fiandeiras de Velásquez fiavam dias e anos a nosso favor.

Talvez em Antuérpia, nos Países Baixos. A pintura de certo mestre holandês que, de sua casa de três andares, com escassa luz, jogou na tela cores, harmonia, a sensação do tempo não se mover. Indiferente à chuva que embaçava os vidros das janelas e o impedia de observar a nesga de jardim.

LIVRO DAS HORAS

No museu, a tela, ocupando a sala em toda a sua extensão, sentenciava os participantes da cena. Os mortos, à minha frente, se assemelhavam à família conhecida que eu não pranteara. Senti a arte como um verdugo que me lançava ao degredo.

A batalha, minuciosamente reconstituída, travava-se à minha vista. Eu não pudera deter o curso dos ataques que tiveram o cenário medieval como moldura. Tantos detalhes me doíam, aguçavam-me a vontade de regressar ao lar brasileiro, onde a escrita me ajudava a combater a insanidade humana. Mas por que eu me prostrara diante da tela, deixando-me maltratar pela arte? Como ser Penélope, cujo ardil era derrotar os pretendentes desfazendo à noite o trabalho executado durante o dia?

Os pormenores do quadro, nascidos da arte da guerra, exibiam, além do terror, a argúcia política dos responsáveis pela ação bélica. A estética oriunda da tela era destituída de compaixão, estava a serviço do mal. A ponto de eu desejar fugir da sala para não me incorporar à pilha dos mortos, dos cavalos estripados.

A viagem pela sala não tinha fim. A retina documentava as árvores enfeitadas com corações arrancados dos agonizantes, as lanças cravadas nos peitos, os seres estraçalhados pelas espadas e pelas garras dos abutres a se saciarem com os restos mortais. Acaso sou parte dos destroços?

A paisagem da batalha era inquisitiva, não tinha epílogo, prolongava-se em mim. Eu me contraía, já não aguentando uma história que me mergulhava no crepúsculo.

Aquela gesta ecoa em mim e pouco faço pelo próximo. Não sei retirar do inferno as criaturas de Dante. Maldito o pintor que trasladou aquelas pinceladas destituídas de bondade para o quarteirão da Lagoa, onde moro.

Na cafeteria do museu, peço café. O açúcar não adoça, tenho o coração sem paladar. Relembro Goya, cuja série "Os Disparates" demonstra que o pintor já não se sentia parte deste mundo. Também não me ajusto a este tempo. Não sei em que momento me vão privar da minha humanidade. Quem foi mesmo que disse: *never give up war*?

Fabulo a qualquer pretexto. Até quando espalho manteiga na torrada, abandono a casa, a moldura do pensamento, os modismos cariocas. É fácil transferir-me para uma paisagem situada nos confins do mundo, embora regresse à Lagoa, onde tenho motivos para viver.

Com a imaginação a bordo, trilho um labirinto cuja saída desconheço. Fico, então, onde posso. A memória me falha ao perambular pelo centro do Rio. Mal desfruto do casario, das ruas estreitas, do cheiro de sardinha assada. Teimo em trazer o passado carioca de volta mediante livros, papéis, as falas da arte. Trago, também, o universo grego, hebraico, mediterrâneo. Épocas que apostaram na imortalidade.

Certa sensibilidade sinaliza minha existência. Com sorte, avalio as marcas deixadas pelos vivos e mortos. Minha própria casa alberga evidências dos meus antecessores, de uma antiguidade coletiva. Pois, como os demais, tenho o passado nas costas. Envelheço como a mulher arcaica que caminha para a frente e para trás.

As entidades animam-me a não dissolver as lembranças dos dias desfeitos. Como resultado, a vida tem entradas e saídas, em geral algumas falsas. Ajo então como uma estudante, segundo Carmen Balcells me intitulou.

Uma condição que comporta riscos. A qualquer descuido, morro no trânsito. Gosto, porém, de me sentir vulnerável, em especial à noite, em Nova York, quando, ao sair do teatro, subo no triciclo conduzido por um jovem intempestivo que, após driblar os ônibus nas avenidas, deixa-me a salvo à porta do hotel Warwick, e volto a respirar após o choque de juventude.

Meu cotidiano, conquanto banal, apresenta enigmas indecifráveis. Neste quadro, tento entender a arte da decifração que, a serviço do homem no passado, contrapôs-se à escuridão e ao caos. Uma espécie de arte à qual se recorria confiante na sorte que advinha das profecias do oráculo de Delfos.

Tinham os deuses prazer em acirrar o desespero humano. Para tanto, emitiam comandos obscuros, ideias contraditórias, em meio às saturnais e às folias gregas. E impunham rupturas entre os homens propondo emendas que acarretavam resultados duvidosos. Decerto com o propósito de dificultar a transmissão dos saberes.

Vivo em estado de expectativa, na tentativa de vencer um dia após o outro. Ausculto as demolições interiores e consolo-me com as noções de fracasso que rondam minha casa. Temo alcançar o cume do Anapurna e saber contestar o valor deste troféu.

Viver, agora, é minha única estratégia. Sem pretender a santidade, o que já é um alívio. Ou conciliar o meu caos com os conflitos sociais.

Alimento escassos desejos. Como reencontrar Clarice, Jorge e Zélia, Afrânio, Rawett, Osman, Scliar, e outros que já nos deixaram, e abraçá-los. Foram bisões que se orgulhavam em lutar pela liberdade do ofício literário. E, neste hipotético encontro, propor-lhes que nos cumprimentemos como os cisterciences de outrora, ao se encontrarem: *morir habemos, ya lo sabemos.*

Eram eles sábios. Fortaleciam a fé usando cilícios como arma eficaz. Enquanto outras ordens religiosas, que refutavam qualquer manifestação de prazer, viviam em covas de cujas paredes, no inverno, gotejava água sobre os corpos. Era-lhes auspicioso renunciar aos bens da terra, sobreviver como uma larva. Assim, golpeados pela paixão do sacrifício, entoavam, em meio à madrugada, orações que os impedissem de dormir.

E de que eu seria capaz para aprimorar a fé?

O amor reclama palavras porque sabe que o corpo não fala. As palavras, que reverberam na casa, exacerbam os sentimentos por meio da arte. Elas conferem aos amores uma eloquência que não merecem.

Sonho pouco. Comumente dou viva ao despertar. Grata por esquecer o que sonhei. A lógica do sonho me confunde, não confio em suas pautas. Prefiro tanger os animais ao longo do pasto enquanto humanizo meu inconsciente. Só pretendo devotar-me aos atos pertinentes ao imaginário, à vida afetiva, ao que irriga as artérias cansadas.

Às vezes, após despertar, vou à padaria da rua Fonte da Saudade. O pão, recém-saído do forno, aquece-me e alicia-me a viver. À mesa, esqueço os dissabores e as matérias proibidas, ansiosa por dar início à história e festejar os vapores ilusórios.

Já no escritório, arrumo os pertences, cada gesto compatível com manias e necessidades. Penso em um hipotético modelo realista que recuse louvar o cotidiano, tentada a crer que a arte semeia infortúnios.

O que ora narro não requer interpretação metafísica, apenas valoriza a mesa posta, o feijão, a pele do leitão pururuca. Enquanto realça as peripécias, as dobradiças, a casa de alvenaria sob a qual se enlaçam utopia e realidade, e de cuja janela divisa-se a linha do horizonte.

Entre a vida e a ficção, prego a esperança. Os resultados são mínimos. Mas sigo defendendo a tribo quando lhe subtraem o direito de alterar a rota da realidade. Pleiteio que se volte a voar e se dê guarida aos devaneios que desembocam na realidade. Resta-me, então, dar consecução à tarefa que ilumina o tênue pavio da fé.

❧❦❧

Em obediência a um princípio narrativo, o epílogo comove, causa estragos ao coração. Dar término, pois, à história é recolher nas entranhas o gosto da dor.

Contudo, fixar o ápice narrativo, que justifique o percurso romanesco, segue um processo criativo de difícil acesso. Acaso devo crer que Homero, ao eleger Aquiles como personagem essencial do poema épico, sabia de antemão, em algum momento da ação bélica, que Príamo iria um dia ao encontro do herói grego em sua tenda, decidido a pedir-lhe a devolução dos restos mortais de Heitor, abatido diante das muralhas de Troia? Emocionante pedido a que Aquiles no início não pretende atender. Sua intenção era vingar o amado Pátroclo e guardar o corpo de Heitor como troféu de guerra.

Príamo, porém, que deslizara em segredo até a tenda do assassino do filho, afrontando riscos e humilhações, ajoelha-se diante de Aquiles, indiferente aos desígnios do inimigo. Embora rei, deposita diante do guerreiro os seus despojos, pedindo-lhe a liberação do corpo do filho. As palavras que o rei pronuncia são inesquecíveis. O confronto havido entre os dois homens constitui um monumento ao caráter humano. Homero não teria podido encerrar o longo poema se não incluísse nele a cena de inigualável densidade trágica.

Aquiles, até aquele instante, protagoniza, no poema épico, um herói truculento, dominado pela ira e vingança. A partir de Príamo, ele redime-se, altera o rumo do poema, e deixa-nos o legado da sua misericórdia. O herói deve a Príamo, portanto, a sua grandeza. Ao contrário de Agamenon, chefe de todos os gregos, a quem o poeta reserva um papel mesquinho ao apontá-lo como o rei que, escravo da ambição, sacrificou a filha Ifigênia em obediência a Ártemis. Uma tragédia cujo preço ele pagará dez anos mais tarde.

LIVRO DAS HORAS

Leio a vida dos santos. Esqueço às vezes que pesa sobre eles o selo da santidade. Analiso neles a tentação do pecado, como cada qual reagiu diante dos reclamos de sua humanidade. Sei que não há vida sem pecado. Sem os deslizes que hostilizam a Deus, mas expressam a totalidade das nossas vidas.

Às figuras perfeitas que a Igreja entronizou deixam-me perplexa. Cotejo-as com minha vida e saio perdendo. Não sei me revestir de andrajos.

Wilgefortis, por exemplo, cedo ganhou o estatuto de santa. Desconfio que, além dos méritos próprios, pesou a sua estranheza. Lá está ela no Livro das Horas, as folhas iluminadas com o raro esplendor de seu enredo. Ao manusear a página que a ela se refere, seu martírio me é incompreensível. Como compreender a fé que a animava e levou-a à morte? Enquanto penso em seu martírio, esqueço o livro das orações. E não peço por ela e nem por mim. Constato que rejeito a salvação ao preço do horror.

Mas como compreender a hagiografia romana sem a legendária figura da jovem que, com aterradora naturalidade, protagonizou um dos mistérios insondáveis da Igreja. A mulher a quem nenhuma outra santa se compara. Ninguém lhe arrebata o título de santa mais bizarra da Idade Média, a patrona das mulheres barbadas. Tratando-se, no seu caso, de espessa barba e não de um tênue buço em cima dos lábios que outrora, no continente latino-americano, indicava boa procedência étnica. Constituía orgulho exibir em sociedade um discreto bigode como o de Frida Kahlo, em cujo rosto havia a sombra de avantajado buço.

Wilgefortis, a despeito do nome, nascera de um rei luso que cedeu a filha em casamento ao rei da Sicília, indiferente aos seus protestos. Sem suspeitar que a filha, após fazer votos de castidade, pedira a Deus que lhe desfigurasse o corpo a fim de torná-lo objeto de repúdio. Pedido a que o Senhor atendeu, fazendo-lhe crescer a barba como se fora ela um varão.

O pai, envergonhado da aberração que lhe amargava a vida, reagiu. Ao condenar a filha à morte, insensível aos apelos da esposa e dos conselheiros, envolveu-a com o manto de lã dos miseráveis e fincou-lhe a coroa de espinhos na cabeça. E como o castigo lhe pareceu insuficiente, ordenou que a crucificassem na cruz de formato romano.

A cúria romana reagiu à crueldade do rei. Revoltada com o ato bárbaro, como represália entronizou a jovem. Embora o Papa e os dignitários do Vaticano se sentissem desconfortáveis com a imagem de uma santa com barba e bigode.

※

Desde o berço sou escritora. Ao abrir os olhos, jurei ter fé nas palavras, com elas contar uma história.

Este ofício, acaso mundano e perverso, me compromete com a fala poética, com o discurso do mistério, com o coração da língua. Mas, na condição de aprendiz, rastreio o transcurso literário dos antecessores a fim de saber onde eles estiveram, e eu não estou. A quem eles amaram, e eu não amei.

Consulto as enciclopédias, e os rostos destes escritores divergem do meu. São contrários ao meu, de hoje. O coração, a língua e o século, a que estiveram atrelados, os distanciam de mim. Ainda assim, devo-lhes gênese e aprendizagem. E onde estejam agora, talvez no Père Lachaise, persiste neles o epicentro irradiador de saberes e de alento literário. Cada frase que escreveram fundamenta a construção literária.

Solitária ou na multidão, eu desfruto de seus enigmas, das suas partículas narrativas, mimam-me com a atualidade dos seus pensamentos. Os ponteiros do relógio, que ora consulto, dizem o ano em que estou, mas nada diz da hora da nossa morte. E, apesar de tudo, sei que é mister percorrer campinas e grotões. Ir até onde a arte se aloja e eu naufrago. Apalpar a emoção, que é a âncora humana.

A música é alento, não me dispersa. Tem eloquência, opera em qualquer registro, até em *sotovoce*, quando mal ouço a sonoridade entre as fímbrias.

Pouco me importa saber de onde surgem os acordes do teclado do piano de Nelson Freire. Pois a música, sendo recôndita, inverte a pauta musical na ânsia de me fazer feliz.

Depositária dos meus segredos, sinto-a cúmplice das fantasias e dos atos libidinosos com os quais exerço a liberdade ouvindo Villa-Lobos. Com o compositor, sei de onde procedo e que língua falo.

Certas partituras fertilizam a pira do meu desejo. A voragem amorosa que delas advém me devolve nomes e cenas praticamente intactas, memórias esquecidas. Nesses instantes faltam-me léxico e sintaxe com que transmitir a paixão e os desastres.

A música tocada em qualquer recinto, nos teatros, nas passarelas, na escola de samba, no morro e no salão, é berço onde nascer e morrer. Em meio às galas, cada nota musical é o capote que resguarda quem esteja sem amor na madrugada do medo.

Mateus redigiu seu Evangelho em aramaico. Em sua feitura confluem-se o pensamento grego e neocristão. Ele organizava o pensamento como se lhe fora dado imitar Cristo e Sócrates, e acumular de São Paulo e de Aristóteles o sentido da inauguração. Um pensamento que, embora desfalcado da grandeza atribuída a outros apóstolos, afetava a humanidade. E sua marca perdura até os nossos dias.

Alguns evangelistas escreveram em grego, língua sempre mais falada entre os judeus a partir do século IV a.C. O fato devendo-se, entre outras razões, à persistente indolência cultural dos saduceus, que constituíam a grande maioria da população hebraica. E que, acomodados na passividade histórica, aceitavam os argumentos insidiosos que lhes vinham no bojo das línguas que falavam. Além do mais, consideravam o grego, que São Paulo também falava, uma língua elegante, civilizada, erudita.

Um grego que, por haver sofrido inúmeras assimilações e ajustes, já não era o grego de Ésquilo, de Hesíodo, dos filósofos pré-socráticos. Mas que, a despeito das alterações linguísticas, nem assim perdera a luminosidade, os clarões verbais. Ou a memorável capacidade de sintetizar o que nascera das penumbras do pensamento.

Tratava-se de um grego que decaíra a partir do século IV a.C., e que, ao deprimir-se rapidamente nas regiões orientais do Mediterrâneo, com reflexo que atingia as ilhas e o continente,

LIVRO DAS HORAS

tornou-se uma língua vulgar, isto é, comum a todos que a utilizassem sem preocupação literária ou conceitual. Uma língua conhecida como "*koiné*", com a qual, no entanto, entendemos aquele mundo, fazemos-lhe a exegese.

❧

Leio o jornal, simulo displicência. Como se nada tivesse a ver com os absurdos que as notícias espalham. Sorvo o café negro sem leite. O cálcio me vem pelo consumo abusivo dos queijos que sonho haverem sido trazidos diretamente de Barthelemy, de Paris.

Embora a lembrança dos mortos desfile pela casa, ambiciono ser parte dos vivos. Decidida a recusar uma falange que envenena e apunhala o próximo com a fibra do mal.

A vida, para os utópicos, parece idealista, com princípios humanitários preservados. Não havendo batalha, pois, que travar. Como se o mal fosse a essência do bem, o seu reverso. E as almas monstruosas, revestidas de andrajos, exibissem o seu exterior de brocados. Mas a face deles é sinistra, mata.

Já sonhei que as crueldades eram abstratas. Não surtia efeito o que elas ditavam. Como se eu me visse capaz de anular qualquer iniciativa que favorecesse o sórdido. Era eu tão ingênua assim? Ou confiava simplesmente na redenção dos homens?

Também eu, como Adão e Eva, fui expulsa do paraíso. Passei a viver sem o beneplácito do cósmico. Mas a iniquidade que salpica a minha espécie torna-me réplica dos algozes recentes da história. Hitler, Stalin, e quem mais? São tantos, ao longo dos séculos. De nada serviu que o nazareno aceitasse que os romanos o crucificassem. Sua morte, no Gólgota, não salvou os humanos. Mas se o amor não salva, a esperança é uma fantasia que garroteia amigos e inimigos.

Como deter o desatino coletivo? Ou aceitar que não há perdão para nós, e só nos resta o ritual da morte?

Viajo mais do que devo. Desloco-me pelo mundo metade do ano. Ando por terras distantes, longe do Brasil. E ajo como se não fosse turista. Finjo ser quem come o prato da casa alimentando-me da cultura que a civilização fabricou para o meu proveito.

Com frequência instalo-me em Santa Fé, uma aldeia de Lérida, na Catalunha. Ali tenho o hábito de acompanhar Lluis Palomares a Saint Guim, e nos instalarmos no bar de dona Tereza, que também é restaurante caseiro. Lluis toma uma cerveja e eu me comprazo com Bitter Kas, sem álcool. A viagem à vila é rápida, dista uns cinco quilômetros de Santa Fé. A estrada é estreita e familiarizo-me com ela. Dou nome ao que vejo, reconheço as curvas do caminho, assim como casas e árvores intactas desde a temporada anterior.

Gosto de Saint Guim. Recordo o torneio de falconeria encenado diante do pátio da igreja em moldes medievais. Arqueiros, caçadores, todos iludidos de haverem abandonado a moldura do nosso tempo e se transladado para longe. Em outra temporada participei do festival de ovos. Cada ovo venerado pela população que praticamente lhes dava nome e procedência. Eram tratados como se cada ovo houvesse sido posto no terreno de uma família cujas galinhas tinham bons hábitos. Eu percorria as barracas pensando na mãe de cada ovo. Sem desdém por um animal que os homens, de vigência arrogante, julgavam de parca inteligência.

Ainda que Lluis ao meu lado me provesse com detalhes, eu arrastava a bolsa, da qual não me aparto, levando dentro quem sou. Carente dos sinais visíveis de identidade e da possibilidade de voar de repente para outra paragem. A prever que de repente, vítima de uma armadilha, tomo o avião em Barcelona, pronta a embarcar para onde o dinheiro me leve. Acaso é sinal de independência, de aventura, ou falta de tino? Ou o simples desejo de retornar ao lar que deixei na Lagoa?

Vejo que, a despeito de estar cercada de afetos, sou turista na alma. E, mesmo não querendo o coração empedernido, desconfio da geografia e da população deste planeta. Assim, sigo viagem com o espírito de quem deu início a uma aventura sem saber como há de terminar. Uma condição que alimento mesmo quando estou no Brasil.

❧

Não sou distraída, mas às vezes, andando pela calçada, levada por lembranças, minha fé enfraquece, a vida me abate. Mas reajo, na expectativa de ouvir a voz da vida a me comunicar que em breve uma revelação mudará meu rumo. Convém, portanto, obedecer aos desígnios do destino.

Sorrio. Melhor que nada ocorra. Sou eu quem deve pleitear a minha transformação, como me aprimoro. Só mediante meus recursos estabelecerei uma escala de valores.

Solicito aos deuses uma proteção acima do que pensam me ofertar. Prefiro dispensar favores a renunciar a meu destino. Contento-me em ser a gata borralheira que cresce diante dos opróbrios.

Não espero que a misericórdia de Deus se antecipe à minha sorte e revele de repente o que me toca na ordem do universo. Se no passado amei as profecias que decifravam o curso humano, hoje dispenso estes esclarecimentos.

Nesta quadra da vida, nem Jeremias, em pessoa, seria bem-vindo. Ao contrário, proíbo que, após galgar o monte Escórpio, equivalente ao Pão de Açúcar, de cujas escarpas previa o inferno humano, semeie uma só palavra a meu respeito. Sobretudo porque sei agora que certa apatia é um consolo.

A neblina me faz supor que estou na serra dos Órgãos, perto do Dedo de Deus. Mas não me protege de mim mesma. Não me diz que a esperança descabida é um veneno. Assim, prossigo com a leitura. Aguardo o sono chegar. Assim seja, amém.

❧❧

Há dias que me fazem chorar. Em especial aqueles associados à morte dos seres que amei, cujas lembranças ativo, antes que desvaneçam em mim. Emocionam-me também as datas vinculadas aos rituais coletivos. À odisseia humana que, em uníssono, consome as mesmas rabanadas, o mesmo cozido, o mesmo churrasco e ri ao som de igual diapasão.

Sofro com o peso dos festejos oriundos das tradições, dos gestos anacrônicos, do dever de alimentar a fé. A tarefa ingrata de selecionar cardápios, de repartir presentes, quando a alma teima em não reagir. Nestas ocasiões, cumpridora dos costumes familiares, conservo o estranho encantamento que se irradia pelos recantos da casa.

Acostumei-me a entregar à memória a tarefa de escolher que dias merecem meu regozijo e minhas lágrimas. Neste calendário incluo o luto vivido pelos que ainda sobrevivem em mim.

Trato de respeitar a liturgia que embeleza a mesa e as relações pessoais. Festejo os atos que me livram da prisão do cotidiano, que realçam o advento das estações, o enigma da colheita.

Desde a infância zelei pela obra dos homens e de Deus. Agradeço a luz da manhã que bafeja o coração. Sorrio diante do pôr do sol cujo esplendor expulsa o humano das falsas controvérsias que giram em torno da paixão, dos fanatismos ideológicos e religiosos. Inspiro-me na epopeia dos dias, que é uma invenção humana.

A vida sabe como batalho por auscultar a minha humanidade. E, ainda que tenda a personificar a tragédia, aspiro ser mera protagonista de um epílogo que desemboca na serena felicidade.

O verão do meu país aceita desaforos, blasfêmias, nudez, o sexo exacerbado. Enquanto o verão europeu desponta, a temperatura brasileira declina. O inverno local, então, enseja comidas gordurosas, sopas escaldantes e, no meu caso, uma xícara de chá que me torna uma inglesa. Um simples truque que me liberta da jaula.

A estação fria propicia também leituras densas. Às vezes, a neblina que ingressa na sala parece fumaça que não queima. Protejo-me com suéter leve e sorvo o vinho acompanhado do Azeitão, queijo trazido de Lisboa, cujo último exemplar regalei ao amigo Guga.

O calendário anuncia que em breve a pequena tribo, constituída de Marília, Bruno, Roberto, seguiremos para Bayreuth. Noto eletricidade na alma de cada um deles, impregnados todos com os suntuosos acordes das óperas de Wagner. As invenções sublimes do compositor alemão despertam-nos emoções de que carecemos. Quanto a mim, tenho a alma programada para este encontro.

Na casa, leio e escrevo e Gravetinho me ronda, enquanto ouço prelúdios wagnerianos. As vozes, com densidade mítica, pulam fora da moldura musical. Quisera ler as partituras que me desvendam o cósmico, rodeada pelos deuses germânicos.

Não será a primeira visita a Bayreuth. Nas outras vezes, situada em assentos desconfortáveis, assumi ser Isolda e Brunhilda, sempre repudiando Ziegfried, cujo raciocínio julgo limitado. Já as duas mulheres cedem-me fatias de seus conturbados corações para compor no palco suas personagens.

Se não fora escritora, me dedicaria ao canto. Quis ser Callas, a cantora grega que é personagem do meu romance *A doce canção de Caetana*, ou ser Barbieri. Mas, agora, em Bayreuth, assumo Isolda e Brunhilde sem preferência por qualquer delas. Seguiria, no palco, as regras beneditinas, que o Colégio Santo Amaro, onde estudei, me impôs, para assumir a interpretação alemã. Aliás, as madres, todas alemãs, ajustaram-me à cultura que modelou a criação wagneriana.

No palco, entregue às emoções provindas de um horizonte povoado de mitos, comporia o papel que seria réplica minha. Cantaria no cenário wagneriano, evitando enxergar a plateia que, indiferente ao meu diafragma, à projeção da voz para paragens infinitas, aprontava-se a me crucificar com seu veredicto.

Contudo, não passo de uma escriba marcada pela fugaz sensação de filtrar as impurezas das palavras. E que, imersa em tal esforço, varre os pensamentos para debaixo do tapete, a caminho do teatro da colina concebido por Wagner.

Mas como selecionar o verbo que sirva à narrativa adequada para descrever a Baviera alemã? Acaso basta contar com a imaginação, rebelar-se contra o rigor excessivo da temperatura inventiva do autor alemão?

Os dias estão quentes neste agosto europeu. No quarto, tarde da noite, releio *O pensamento de Montesquieu*, da historiadora Carmen Iglesias, para melhor entender o desgoverno do mundo, os efeitos do espírito da lei nos tempos atuais. Tenho sorte com meus arremates verbais que, a despeito da lógica, do racionalismo, transitam por Homero, pelos mitos e pelas lendas, pelos que interpretam a precariedade humana. E escancaro portas e janelas do hotel, enquanto frequento o imaginário ocidental.

Acaso me salvo?

O tempo escoa veloz e não fala. Envelheço e se acentua minha curiosidade em saber se chegarei um dia a salvo às portas do Índico, onde suspeito estar atracado o meu destino. Quando descubra, talvez, se a retrospectiva da minha existência está ao meu alcance.

Para as minhas perguntas, não há resposta audível. Ouço apenas uma voz que me recrimina por estar ainda pendente de fantasias mitológicas, da noção da perenidade das coisas, da escassez dos dias por viver. Como se há muito devesse me ter apaziguado, ancorado na sala da casa.

Gosto, porém, de vaguear pelo passado, à procura das referências que me faltam. Como quando o barco que trazia os avós atracou na praça Mauá, no Rio de Janeiro, permitindo-lhes dar início à aventura da qual me originei.

Teria feito o impossível para ouvir seus comentários a propósito da natureza esplêndida e desordenada da cidade na qual iriam viver a partir daquela data. Em saber como reagiram ao povo mestiço que lhes cabia decifrar. Como, junto aos demais imigrantes, temeram sucumbir às leis locais enquanto formavam nova família. Uma vez que a nova pátria lhes impunha saberes que no início colidiam com os pertences ora acomodados nas malas guardadas no porão do navio.

Sou presa fácil da memória. Habituo-me a escavar o passado e arrolar os bens do presente. Sob o efeito deste acervo e das sombras noturnas, perambulo pela casa. Percorro as dependências bafejada pelo sentimento da solenidade. Pressinto que a transcendência é um ósculo na minha cara. E por força de tal presença existe no meu peito um buraco que se agiganta ao passar dos anos.

Acusam-me de citar os gregos clássicos com excessiva frequência. A acusação procede. Eles me cativam e não sei como evitar um povo que constitui a matriz do meu cotidiano, de cuja pregação dependo para seguir inventando.

LIVRO DAS HORAS

Sou também leitora assídua do Antigo Testamento. É comum trazer para casa os feitos vividos há milênios. Distraio-me às vezes com as ocorrências, tropeço com as palavras. Certa vez, distraída, associei Gravetinho ao profeta Moisés encontrado pela princesa egípcia dentro de uma cesta de vime à beira do Nilo, cuja origem hebraica só se revela mais tarde. O mesmo ocorreu com o meu bichinho, cuja genealogia ignoro, e que foi comprado em uma feira popular, em Niterói, segundo sei.

Peço desculpas pelo acinte histórico, de aproximar Gravetinho ao profeta de dimensão descomunal. Um simples lapso que não empana a grandeza de Moisés. É natural que estabeleçamos analogias como tentativa de nos ajustarmos ao cotidiano, adotando como referência um paradigma exemplar.

Interessei-me desde sempre pelas versões atribuídas a Moisés, e que enriqueceram, em conjunto, as três religiões monoteístas do Oriente Médio. Um homem que, revestido de mito, inebriado com a missão de livrar o povo judeu do cativeiro egípcio, exerceu sua autoridade ditando-lhe pautas morais com postura de deus.

A subida de Moisés ao monte Sinai, ao encontro de Deus, é emocionante. O episódio exacerba a imaginação e leva-nos a indagar como se aventurou ele a bater à porta do coração de Jeová, na expectativa de receber dele as tábuas da lei e o bastão de comando.

Certamente era vaidoso. Julgava-se, por todos os títulos, merecedor de vir a ser personagem essencial do livro do Pentateuco, das páginas do Êxodo. Como que destinado à imortalidade. Só não previu que Charlton Heston, sob os auspícios de Hollywood, assumisse o seu papel, tendo Yvonne DeCarlo como Safira, sua mulher.

À época, a produção cinematográfica atiçou a fantasia coletiva. Impôs aos espectadores variadas equações interpretativas, todas tendo Jeová e Moisés na tela como epicentro narrativo.

Atraída pelas ações divinas, eu seguia de perto as intrigas bíblicas. A imaginar o que faria Moisés do cajado após a visita ao Sinai sob o risco de exorbitar na prática do poder. Contudo, ao retornar ao acampamento, após viver a experiência inédita para qualquer homem, surpreendeu-se com o povo incrédulo que erguera, durante a sua ausência, um deus pagão para idolatrar.

Este feito modelou minhas expectativas. Em especial a cena em que Moisés, indigno de contemplar ao Senhor, retira as sandálias, ajoelha-se, toca a cabeça no solo, e espreita, de soslaio, a Jeová, enquanto se submete à sua linguagem e aos seus desígnios.

Acaso Moisés registrou algum pormenor que, se nos tivesse sido revelado, alteraria a história universal? Rendido, porém, ao projeto de Deus, sua preocupação primordial era inculcar no povo obediência irrestrita ao Senhor, conduzi-los à Terra Prometida.

Jamais duvidara da palavra de Jeová. Ainda no Egito, Moisés testemunhara os prodígios que culminaram com a saída do povo escravo daquela terra em troca de outra, que lhes fora prometida. Assim, ao regressar do Sinai, ele trazia sinais potentes da metamorfose sofrida. Indícios que o aparelhavam a nortear um povo cujo coração sangrara na servidão. Com tal investidura habilitado a inventar uma narrativa e uma pátria situada além do deserto, perto do rio Jordão. Embora ignorasse que, após perambularem pelas areias do deserto durante quarenta anos, o Senhor o privaria de pisar a Terra da Promissão.

Sob o patrocínio da fé, tal viagem instituiu leis e novos princípios. Adiantou-se ao pacto a ser estabelecido entre Jeová e

Abraão, cujas condições, revolucionárias, estariam contidas na Sagrada Aliança.

※

A arte é razão de ser. Em seu nome, abjuro, peco, pratico crimes e perjúrios. Absolvo meus erros e alivio o coração da vergonha que sinto de não saber amar na medida necessária.

Esta arte, desconfortável e libertária, ajuda-me a aceitar a minha condição humana e os efeitos do mundo na criação. De forma a colher no baú da casa a perdição e o segredo, e fazer, ao mesmo tempo, a apologia do banal, da metamorfose da carne, do cotidiano originário do drama grego.

A arte não se verga ao peso dos conflitos. Ao contrário, priva-me de um juízo de valor intolerante, enquanto ensina a criar à revelia da aprovação alheia. Assim me educo para usar como quero qualquer matéria que alargue o sentido da vida. E, indiferente às cobranças estéticas, abuso da metáfora escondida nas entrelinhas da história. Elas estão a meu serviço e brilham na minha casa.

Os desígnios da arte, no entanto, são impositivos, desconfiam das barganhas feitas nos domingos, antes do almoço, em troca da glória efêmera. E tudo para nos banharmos com a réstia de luz que atravessa a janela. No entanto, a arte resiste. Entoa loas aos meus restos mortais.

Às vezes, sou estrangeira, chegada de longe. Vítima de um estranhamento que devo à família imigrante, de quem herdei, mesmo contra a vontade deles, destino errante.

A despeito da minha condição frágil, diagnostico o que viceja em torno. A pátria, em primeiro lugar, e ainda assim não me sinto a salvo. A paisagem familiar, atenta, me faz prosseguir. Quer que eu seja muitas: Heras, Hécuba, Deméter, Callas, Bingen. Muitas caras que me reproduzem.

As viagens definem meus caprichos biográficos. Mas insisto em erguer minha morada sob forma de módulos, e a povoo de objetos, livros, conservas trazidas de Lisboa. Tal exagero daria razão à mãe, a acusar-me de ser uma expansionista que, insatisfeita de possuir uma só casa, criava nos corredores um labirinto onde se perder. O vaticínio provou-se verdadeiro, e tornei-me uma Ariadne cujo cordão invisível me orienta nos escaninhos do lar.

Meus atos avivam a chama do efêmero. E não tenho atenuantes para certas condutas. Importa-me lutar pelos instantes auspiciosos. Como regressar ao lar e repartir com quem amo comidas, benesses, memórias vagas.

Para contar uma história, dependo da crença na mortalidade. Do tempo de que disponho e do ímpeto para transgredir os impulsos que me acorrentam à cadeira de balanço, enquanto sorvo o refresco de uva feito pelos irmãos adventistas.

Dependo também da vaidade de me julgar capaz de voar. De acreditar que o tapete de minha propriedade vence o espaço sem

LIVRO DAS HORAS

custos para os cenários da minha narrativa. Desde que os personagens confiem na habilidade de descrevê-los, já que estou encarregada de lhes dar alma.

E de que mais dependo? Ah, do erotismo refinado, da comida rústica, do vinho pagão, das matérias que fixam na página em branco a volúpia recôndita.

O livro, que ora escrevo, cobra minha defesa da narrativa e adverte-me quanto aos mistérios que devo considerar enquanto invento. Pois, confrontada com forças contrárias que duvidam da minha escrita, salvo-me crendo que a invenção está ao meu alcance. E que a escrita me devolve a mim mesma.

Antes que me acusem de fraude, defendo-me com a imaginação. Ela me socorre trazendo a lupa com que examinar a essência humana e dizer onde se localiza o sentimento. Portanto, o que esperam de mim, além de compulsar o coração e sobreviver? Acaso renunciar à escritura?

❧

O lápis da infância tinha a ponta afiada pelo canivete que o pai me dera em uma viagem a São Lourenço. Um dos dois canivetes que me ofertou até a adolescência. Não queria a filha inadvertida diante de uma pera, de um pedaço de pão, ou de uma vara de cana cuja extremidade devia aparar para as minhas caminhadas matinais no Parque das Águas, em São Lourenço.

Era mister aventurar-me pelo mundo com um canivete cuja lâmina, em caso de necessidade, também me salvaria do ataque dos lobos que surgiam em matilha no alto do Pé da Múa, em Cotobade.

NÉLIDA PIÑON

Pousado na escrivaninha, onde permanecia horas, o lápis era um Faber de origem alemã. De cor amarela, registrava no papel minha agonia, sempre que desafiada pelos substantivos e adjetivos que a escola e a mãe julgavam apanágios da beleza e do grotesco.

As letras, saídas do lápis, eram fáceis de apagar. Com a vantagem de ninguém vir a conhecer meus equívocos, meu embaraço com os algarismos romanos, semelhantes, ao menos para mim, aos hieróglifos de Champollion.

Com o lápis, eu imitava alguns traços da caligrafia árabe, de rara beleza. Sem saber, eu antecipava uma atração que viria a desembocar no *Vozes do deserto*, romance que escreveria um dia, tendo Scherezade como a entidade narradora sediada no coração de Bagdad.

Também imitava os operários e os comerciantes que comumente colocavam o lápis atrás da orelha, para tê-lo sempre ao seu alcance. E aguardava a apreciação do pai pelo espírito crítico da filha, de como ela parodiava a realidade.

O Faber viajava comigo. Participava das histórias que urdia, com ele escrevia no caderno a frase oriunda da mala dos sonhos. E o vigiava para que estranho, de passagem pela casa, não o roubasse, ou borrasse as anotações que vendia ao pai, associando engenho e moedas.

Temia que o vento do mal me hostilizasse e impedisse de vir a ser escritora. Aliás, tal preocupação perseguiu-me durante anos, forçou-me a pedir que o pai, ao me registrar na recepção dos hotéis, me apontasse como escritora.

O Faber diminuía aos poucos. A ação criminal de lhe afinar a ponta com o canivete reduzira-o a uma altura de menos de dez centímetros. Mas não havia como compensá-lo pelo ato vânda-

LIVRO DAS HORAS

lo. Até que, ao regressarmos de Espanha, quando completei 12 anos, o pai prometeu-me uma máquina de escrever. E, ao ganhar a Hermes, que me seguiu até a data adulta, beijei meu Faber e o guardei na gaveta, onde merecia descansar.

❧

O dicionário é uma cornucópia. Saem das suas páginas palavras de amor, de escárnio, de morte. Aladas, elas foram criadas à feição da aventura humana.

É também um folhetim que urde, com o auxílio do léxico, emoções e segredos. Verbo que congrega a simplicidade de São Francisco e a fanfarronice do gascão D'Artagnan, cujo acento é desconcertante.

Algumas de suas palavras, ditas a esmo, definem a boneca Emília, que, apesar de ser feita de pano, desfalcada de carne e osso, julgava-se dona do Sítio do Picapau Amarelo. Um personagem petulante que, sem respeito pelos demais, imiscuía-se no que fosse. Mas, bastava eu avançar na leitura, para Emília tornar-se imprescindível na galeria dos personagens de Monteiro Lobato.

A boneca me inspirava afeto. Quis copiá-la, mas fracassei. Como disputar com quem, no afã de ganhar estatuto humano e de protagonizar a vida, hostilizava os demais? Aí incluindo dona Benta, avó torta, Narizinho, Pedrinho, tia Anastácia, o Visconde de Sabugosa.

Durante a leitura, sentia-a ao meu lado. Uma vizinhança que me permitia crivá-la com palavras saídas deste dicionário. Mas eu, empenhada em agradá-la, lutava por estar à altura de sua singularidade. Ninguém se parecia com Emília. O Brasil inteiro cabia nela. O dicionário era, então, onde ela se alojava e aturdia-me.

Graças às palavras, ainda que encasteladas no dicionário *Webster*, eu descrevia Julieta a comandar o mundo a partir do balcão de Verona. Tanta audácia que arrastou Romeu para a morte, e ela junto. O verbo, que provindo dos lábios da donzela à véspera de enamorar-se de Romeu, marionete do seu desejo, mostrou-se ardiloso, cheio de manha. Simulava um lirismo escudado em palavras poéticas, quando pretendia tão somente fornicar e não morrer.

Ao propor a ela fingir de morta, tendo em vista o ingênuo Romeu, deparamo-nos com uma das mais extraordinárias encenações que a humanidade concebeu. A teatralização de tais sentimentos provoca-nos, em qualquer circunstância, um pranto incessante.

Já Machado de Assis, com o léxico no tinteiro, e com caprichos de romancista, esboça, com falsa benevolência, uma Capitu e um emasculado Bentinho. A ira e outros dissabores latentes ficam por conta da exegese que o futuro reserva ao romance machadiano.

São muitas as outras palavras que, homiziadas no dicionário, emocionam as vítimas, os acólitos, os asseclas. Cada qual desejoso de subsistir, sem dispensar o verbo. Pois, para a vida, majestática e miserável, as palavras pulsam, viaja-se com elas pelos mares da Arábia, pelos rios amazônicos, pelo século XII, por galáxias e geografias, pelo corpo vizinho onde jaz o alento que dilata o real.

Dicionário é, para mim, um amigo íntimo, à parte de seus benefícios. Traz-me a lembrança de Elza Tavares, inesquecível amiga, debruçada horas, dias, semanas, sobre o *Dicionário Auré-lio*, de que foi assistente desde o seu nascedouro, e, ao longo de sua existência, prova ter o nome inscrito no frontispício já a partir da primeira edição.

Tanta devoção me surpreendia. Nossos apartamentos na Barra, sendo contíguos, permitiam-me testemunhar durante anos com que esmero trabalhava a palavra, definia-a, retocava o que carecia de pequenos reparos. Tarefas que lhe cabiam na qualidade de assistente do professor Aurélio.

Parecia-se a um monge medieval encerrado na biblioteca do mosteiro, no limiar do ano mil, sorvendo a sabedoria que emanava dos manuscritos. Ela, e os demais, batalhando por preservar os incunábulos contra a ação do tempo e do avanço das hordas vândalas.

Como testemunha privilegiada, vi como nasce e se desenvolve um dicionário que teve à frente Mestre Aurélio e sua devotada grei. Um dicionário que tenho nas mãos e me emociona. É um monumento que igualmente consagra a amiga Elza Tavares que recém nos deixou.

⊱✦⊰

Morre-se a cada instante. Salva-se a cada morte prevista. Sob seguidos protestos, é impossível desviar-nos dos perigos inerentes à travessia. Mesmo porque o mundo é insensível diante da iminência da minha morte. Afinal, a minha vida nada significa. Só a visão cósmica, de minha propriedade, tem significado.

Sob o temor da despedida da vida, cogito se Deus me concederia alguns anos, caso eu Lhe pedisse, em troca de um cântico entoado em Sua honra. Se aceitaria Ele um pacto que ambos subscreveríamos com boa-fé. Uma láurea que me seria ofertada por comportamento cristão.

Quando longe de casa, tenho curiosidade de saber que preço estaria disposta a pagar por uns anos a mais. Uma tarifa equivalente à das companhias aéreas que cobram por excesso de peso.

Janto no Antiquarius, a convite de Luís Carlos, nosso Guga. A mesa constitui-se de amigos que acumulam saberes gastronômicos. Bethy, Roberto, Paulinho. O bacalhau que nos ofertam, com o vinho selecionado pelo Guga, é um regalo das videiras portuguesas. Olhei as faces amigas para lhes dar prova do meu afeto. Ao menos naqueles instantes pareciam felizes.

Já em casa, sucumbo ao peso de questões inquietantes. Como, por exemplo, desvencilhar-me de certos incômodos cotidianos e distorcer o impacto das verdades efêmeras.

Tomo o café na xícara vinda de amigo americano. E sigo indagando se posso ser Fausto, agora que Mefistófeles desapareceu da cena contemporânea.

⚜

A Grécia arcaica dizia que um só dia era o tempo do efêmero. Tal noção contrapondo-se ao conceito de eternidade.

Recordo Andrômaca no preciso instante em que, engolfada no torvelinho da guerra, tem a intuição da tragédia. Uma desgraça que antecede à queda de Troia, e que Homero não quis descrever na sua *Ilíada*. Embora deixe-nos prever a ruína do mundo no qual Andrômaca viveu e foi feliz.

LIVRO DAS HORAS

Andrômaca amava Heitor e sabia dos perigos da guerra. Natural que pressentisse, com rara sagacidade, que Heitor sucumbiria perante a ira de Aquiles. A sorte estava lançada. Nenhum deus, que invocasse, salvaria o marido.

É assim que, em certo dia, ao levantar-se da cama, sente-se atordoada, sob o impulso de estranha metáfora cujo teor e silabação não domina. E, como diziam os clássicos, Andrômaca "salta" pelo palácio, isto é, percorre os corredores sombrios, indo ao encontro do futuro cadáver do marido. Antecipa-se ao fantasma de Elsinore, o pai de Hamlet.

Não sei onde li que ela parecia uma nômade, sem pouso e sem destino. E que, em meio a tantos sobressaltos, "seu coração palpita" (*"palloménê kradíên"*). Mas o que significam estes percalços para uma peregrina entregue às adversidades da vida?

Seu coração trânsfuga agita-se, perturba-se. Como se escutasse a *"ciamada"*, nome dado em piemontês aos apelos angustiados de trombetas e de tambores pelos quais os sitiados informavam aos sitiantes que queriam se render.

Em grego, essa dança do coração, chamada "salto", *"pendêsis"*, nasce do medo repentino, do horror indomável. Quando, prestes a gritar de pavor, o coração de Andrômaca começa a saltar, ciente de que a morte do amado é iminente e viverá sem o amor.

⁂

Sou moldada pelo sentido trágico da existência. Abono a crença de que a vida é um espetáculo grotesco, hediondo, belo, extraordinário, tangido pela aventura e pelos lances da fantasia.

Em cada veia, me perpetuo, ressoa a marca do meu eu. Sob o culto do desejo, que provém de quem está do lado oposto da calçada, o amor talvez prospere, o corpo tarda em oxidar-se. Pois, se não se conta com o amor, não há equivalência entre o mundo e o meu ser. A matriz da paixão apazigua a nostalgia.

Na sequência deste infindável combate, a sombra do sagrado permeia o corpo que no ato carnal serve ao amor. E, através da mediação da fé, tento corresponder aos reclamos da esperança, mas falho comumente.

No cumprimento de minha jornada, aspiro tão somente ser guardiã de mim mesma.

⚜

A memória é frágil. Consulto suas fontes no afã de defender meus haveres. Confundo a coroa de louros com a de espinhos.

E quem será dono de mim? Eu, ou minha memória, que funciona como um legado paralelo ao meu ser. Uma matéria que mal domino e com a qual não conto quando mais a necessito.

Em vista de tal assunto, ando à deriva. Evito advogar em favor da memória, que simplesmente transcreve, é uma coletânea de dados. E que sabe em que gaveta foi guardado o documento que o ministério público exige para salvar minha vida.

Esta memória que me supre, mas que também expulsa de mim quem sou. E que age certa de eu contar com ela para cumprir mínimas obrigações diárias. Ou para afirmar, a quem seja, que meu passado merece ser narrado. Embora não saiba se esta memória, quando manifesta, é exatamente o ápice da minha vida. Mas também de que vale armazenar alegrias e desgostos, escombros da existência? Não sei o que dizer.

※

Pouco sei do outro, mesmo tratando-se de um membro da família. Como reles testemunha da realidade, mal distingo quem chora de quem simula alegria falsa. Afinal, a realidade não passa da síntese de uma história vivida ou por se viver. E que, como senhora do destino, mete-nos a todos no mesmo saco.

Em sequência, vivemos e morremos segundo circunstâncias alheias à nossa vontade. E isto porque a realidade, sempre desapiedada, associa-se a um quadro por onde passam furores, dilúvio, mortandade, genocídio. Para que uma tragédia ocorra, não faz falta indagar quantos habitam a cidade na iminência de ser destruída pela explosão nuclear.

Falar de qualquer passado, ou vaticinar sobre tempos vindouros, é uma sentença contraditória. Dá no mesmo que Pedro se case com Maria, ou com João, cujos filhos são programados para povoar o deserto e a região amazônica. O fato, em si, tem mero valor descritivo, uma informação destituída de conteúdo moral.

Nenhuma sociedade padece caso a vida arraste Pedro, João, Maria e filhos para o epicentro da tragédia. Nada significa o que há por trás das famílias que repartem entre si cama e futuro.

O cotidiano é inimigo do artista. Apresenta-se sob a forma de compromissos sociais, de chamadas telefônicas, de faturas e de tarefas que roubam e não devolvem o troco. Ações que consomem o tempo, incapacitam-nos a desfrutar do lar, em cujas paredes, frias e descascadas, se abatem as ilusões.

Também a burocracia dos sentimentos, que papéis e a fugacidade diária representam, inibe o artista. Nesta ordem de grandeza, até os bilhetes de amor são inoportunos. É invasivo tudo que existe fora da órbita da criação.

Como distinguir, no entanto, entre os avanços dos adversários e daqueles que nos sufocam, a despeito de nos amarem? Não é também extenuante a batida à porta de quem, insistindo em salvar-nos, oferta-nos o sanduíche quente e a xícara de café? E que, na ânsia de afugentar as pedras do caminho do escritor, controla agenda, quimeras, arroubos amorosos? Almas caridosas que agem certas de vivermos sob os cuidados que elas espargem, fazendo-nos crer que, igual a Ícaro, bem podemos nos lançar ao espaço e seguir voando. De modo que, tendo o vazio como paisagem, apoiando os cotovelos sobre a mesa de mogno, demos início ao primeiro capítulo do romance planejado. Sob tal impulso fazendo a metáfora nascer com a temperatura que a poesia requer. Pois é mister que a metáfora aflore sob os domínios da sarça-ardente e que eu, na expectativa da safra literária, colha o sopro que a inspirou. Quem sabe assim depare com um Cervantes na iminência de conceber o instante perfeito da sua arte.

Imersa em tal agonia apaixonada, distante das atribulações, fujo do cotidiano que derruba a minha porta a pretexto de me saudar. Quando, livre do intruso, conheço, em um átimo, a plenitude que empresto à escrita.

LIVRO DAS HORAS

Conheço a abundância e o desencanto. Antíteses entre si, são indícios das diversas faces da realidade que a cada dia tritura o seu quinhão.

Sob o prisma do projeto humano, alimento o meu dia com o pão sovado da minha biografia. Vítima e cúmplice de minhas artimanhas, duvido que haja medida certa equivalente a cada estado vivido. Mas não protesto pelo júbilo, pela apatia ou pela crosta da dor coladas à minha pele.

Furto-me de enaltecer o bem quando diviso, entre fímbrias, a projeção das sombras que mal disfarçam o sarcasmo estampado na superfície social. Tolero as alternâncias da minha trajetória e da substância que me constitui.

À guisa de preâmbulo, agradeço qualquer côdea de broa que me faz sorrir. O sal lateja nas veias e anima-me a participar das olimpíadas. E penso que aceitar meu apetite, decerto reflexo de Deus, traduz adesão à utopia que o alimento representa.

Nesta sequência, uma porção de caviar homenageia a sabedoria de quem pela primeira vez arrancou do esturjão do Cáspio as inestimáveis ovas. E recordo, como forma de reviver, de quando Mercedes e Gabo, de regresso de Moscou, após ganharem do presidente Gorbachov uma lata de dois quilos do caviar capaz de suprir uma mesa de convivas exaltados, decidiram repartir conosco, em Barcelona, o regalo dos deuses.

À noite, no bairro de Sarriá, na casa de Carmen e Lluis, o grupo reluzia tanto quanto os cristais. Forçados pela abundância do caviar, e pela amizade que nos unia, ríamos sem cessar.

Enquanto nos locupletávamos com as delícias utópicas, Gabo dava-se ao luxo de se privar do caviar em troca da sopa de galinha que pedira à Carmen. O guardanapo de proporções gigantes, atado em torno do pescoço, protegia o impecável traje branco do Caribe. Fazia a colher girar próxima ao prato como se fora a batuta de um regente.

Aquele jantar integrou-se a um panteão afetivo. É difícil reunir os pedaços soltos da noite de modo que formem um *canvas* a ser dependurado na parede. Lluis já não se encontra entre nós. E fomos todos aos poucos perdendo a última expressão de uma juventude vencida. Seguimos amigos, mas cada qual entrincheirado na própria vida, envolta agora por fios que as aranhas produzem. Éramos então doze corações que, sem esmorecimento, latejavam ao ritmo secreto da vida.

Outras lembranças me acometem. Muitas me abrigaram com braços longos e invadem o futuro. Elas me amparam, para que nada me golpeie. Das eleitas, nenhuma sugere que me lance à pira, junto ao corpo amado, a fim de dar prova pública de que a felicidade se esgotara para mim.

Minha vida, porém, se assemelha à cratera em cujo fundo lanço bilhetes, retratos, memórias, as pedras lisas lavadas pelas águas do rio. Oxidados ou não, os dias falam de mim. Tudo que captei, elejo como o espelho que reflete minha agônica humanidade.

Aprendo a descansar após o almoço. Não o repouso eterno, que ainda não almejo. Prova é que me sobrecarregam de flores, mensagens, deveres semeados ao longo do espelho-d'água da Lagoa. Não reclamo das comunicações furtivas. São sinais imperceptíveis que invadem a casa e sou responsável por eles. Tudo é flor e pão tostado com manteiga.

LIVRO DAS HORAS

❧

Caminho pelas ruas de Salzburg. Turistas e jovens músicos, agarrados a seus instrumentos, deixam-me passar. Ainda sob o impacto das emoções vividas na noite passada, ao ouvir Cecilia Bartolli, o coração acelera. O alento italiano da cantora obriga-me a conjeturar como a disciplina tirânica e natural da cantora enseja a perfeição.

Ao ouvi-la, senti-me no palco, como se fora réplica do seu talento. Questionei-me se frase minha, em algum momento, fez-me crer que encontrara um rubi raro. E por que não, se passei a vida forjando a ilusão que me consolasse com fugaz perfeição.

No Tomaseli, sorvo meu café. Indiferente à realidade que me cobra indenização pelo prazer que sinto de ver o povo passar. Como se eu merecesse punição pelas regalias que colho em Salzburg. Pelos meus ganhos secretos. Mas por que pagar pelo direito de desfrutar das delícias do cotidiano?

O Tomaseli é o lugar perfeito para modelar os corpos que passam pela porta. Quisera indagar-lhes qual é a medida para enfrentar com certa elegância a última quadra da vida.

O músico, na pequena praça, sopra a flauta transversal como um Pã grego que emergiu do século VI a.C. Quer moedas para o pão diário. De longe, eu o abençoo e peço que a arte, dele e minha, jamais nos abandone. Legue-nos a paixão, que assinala a existência.

Minha esperança agora é despertar amanhã em Salzburg sob a proteção de Mozart e da torta de chocolate do Zahar, vinda de Viena.

Amei algumas vezes e o castigo pela incidência amorosa foi esquecer a quem devotei a vida. Confundir as memórias que guardo dos anos vividos, mal sabendo a quem atribuir o que de melhor ficou em mim.

É uma calamidade saber que o mensageiro da carne vagueia pelo mundo sem nome, de tocaia, prestes a ofertar-me o mesmo filtro de que *Tristão e Isolda* beberam no passado.

Um filtro guardado em vidro de geleia da Confeitaria Colombo, cujo consumo tem data de expirar. Especulo, então, que porta abrir para conhecer o amor, o pequeno deus com arco e flechas. E visitar o lar que licencia a amar quem eu queira, desde que me faça crer que sou liberta para escolher amigo ou adversário.

Assombra-me o assunto amoroso. Os desígnios que golpearam Tristão e Isolda e que afetam a mente contemporânea. Talvez por seguirmos sendo vítimas do mal de um amor que absorve seu veneno na crença de que os seus efeitos são benéficos à ação amorosa. Inocentes que somos na arte de amar, nas imantações da carne, em tudo que configura um estado de mistério.

Algumas vezes bebi da poção da taça que algum amigo me ofertou a caminho da feira de Caruaru. A viagem que me levou ao medievo brasileiro, mediante a qual absorvi regras e cânones do sertão pernambucano.

O filtro do amor que me submeteu às regras provindas do céu e do inferno afundou-me igualmente no país das lendas. Experiência a partir da qual se ama e se deixa de amar. Sempre a pretexto de dar curso a uma história que mal teve início.

LIVRO DAS HORAS

Os dias são mortais, desfalecem na lembrança. Para não perdê-los, elegemos certas datas que celebrem aflições e triunfos, crenças e lutos. Como se sua índole catártica, ao cobrar-nos a repetição dos fatos que deram origem a tais datas, nos aliviasse do peso do cotidiano.

Assim, sob os efeitos dos deuses, as comunidades consagraram o mistério da colheita, das estações, daqueles instantes que no passado abalaram as emoções humanas.

Preservar, pois, os feitos previstos pelas religiões e pela lei reverenciava a obra de Deus e ajudava o homem a afugentar as contradições do cotidiano, a deixar de ser, ao menos por horas, protagonista da própria tragédia.

Desde a caverna, o homem, sozinho, respondeu pelas vicissitudes. Engendrou para tanto a fé, prodígio seu, advinda do devaneio e da carência. E, enquanto sonhava à sombra do fracasso e do terror, narrou o emaranhado de seus enredos.

Em meio aos conflitos, barganhou com os deuses a fim de sair incólume da trágica experiência de vencer a noite após o fogo extinguir-se. Em troca de proteção, ofertava sua incipiente esperança. Disposto a pagar o que lhe fosse exigido.

Destes primórdios, após a primavera que sucedia ao inverno, festejava-se o solstício de verão. A colheita era uma bênção, gerava uma sequência de celebrações que combatia a fome e gerava oferendas aos deuses.

Como fruto da aliança com os deuses, o homem convenceu-se dos bens da terra e do relativo domínio sobre a natureza.

Em troca, aceitou santificar os dias, mergulhou no mundo da fé. Voltou-se para os rituais devotos, guardou os dias santificados que honravam Deus.

Nestes dias, o homem festejou o arrojo de sua espécie. A valentia com que promovera crenças que não lhe roubaram a chama da ilusão. Só que semelhantes surtos de fé não lhe reduziram a arrogância ou a malignidade. Assim, moldado por uma sociedade irascível que o formara, ele esboçou um código com mínimo apuro ético, a pretexto de oferecer uma trégua aos ânimos belicosos. Em sequência, criou regras que impedissem os homens de se matarem entre si ao menos durante o repasto, para em seguida liberá-los para a guerra.

O miserável anseia pelo tesouro escondido na pirâmide ou na gruta. Confia no paleontólogo que afirmou haver no solo preciosidades e vestígios de ossos de animais pré-históricos.

Com esta crença, a procura dos bens, sua tarefa é infrutífera, consome-lhe dias, quimeras, afunda-o na frustração. Mas ele persiste. Recorda que Evans, com exaustivo denodo, descobriu Tutankamon, e que Maria Beltrão, após persistentes esforços, descobriu inequívocas provas de existirem no Brasil artefatos de milhões de anos.

De minha parte, não procuro ouro, mas o silêncio. Vítima que sou da verborragia nacional, aspiro viver em meio a pétalas e escassas palavras. Capaz de filtrar o que me dizem, para nada me ofender ou oxidar a caixa acústica do meu coração.

Com tal ânimo, o veneno diário do cotidiano não me alcança. Não terei que sorrir porque o Brasil assim o exige. E, de acordo com os cânones nacionais, nem simulo que habito o paraíso. Cruzes, que perfeição seria esta?

Onde vivo, a lei não me fustiga, só o pensamento me castiga. Às vezes a vida me alenta e recebo sinais de desesperança. Sei, então, que posso ser um pássaro empalhado. O que fazer com a minha cidadania?

Em certas horas, nem Machado de Assis e Villa-Lobos me salvam.

O cotidiano abusa da minha complacência. Julga que sou frágil e boba, quando me empenho em compreender a natureza do caos. A debilidade de que sou feita, o barro que fixa os meus ossos, a argamassa precária da minha carne. Como expressar repúdio pelas regras que humilham a minha humanidade?

Reajo dizendo, por exemplo, que não me peçam, a partir de agora, que perdoe o assassino, o estuprador, os amantes do horror, que esquartejam o corpo alheio como se destrinchassem o cordeiro de Deus.

Não me reconciliarei com o desconforto que provém dos defeitos dos homens. Assim, conquanto tenha noções do ridículo humano, não desejo sorrir sem motivo. Ou apagar da memória o que merece vigilância. A certeza do horror que Kurtz, de Conrad, conheceu no seu coração sombrio.

NÉLIDA PIÑON

A criação assinala que sou uma mulher que povoa a solidão com personagens batizados com a água do Jordão trazida de Israel em um vidro de perfume vazio.

Personagens vulneráveis, expostos à opinião pública, de espírito malévolo. E cujos interesses pretendem roubar a soberania da arte. Meros leitores que rotulam o mundo para não se deixarem fascinar pelo mistério da criação.

Em meio ao caos imaginário, que é uma colcha de retalhos, colorido *patchwork*, distinguem-se a língua do Brasil, as tradições, os costumes, a feijoada, o sexo suado, o leite materno que me encharcou até os 2 anos. Benesses, ainda oriundas do cristianismo, que fundamentaram a civilização ocidental. Um imaginário ao qual adiciono a apoteose da carne, o torvelinho dos acampamentos humanos, o grau zero da morte. Mistura cuja dosagem intensifica a cultura.

Herdei também o imaginário dos imigrantes que me inocularam dupla visão, representada por uma família que ao mesmo tempo servia à nação brasileira e à aldeia do Concelho de Cotobade, cujo espírito, alinhado ao sonho da minha pátria, deu-me a medida do sonho.

Olhava os avós e o pai, que atravessaram o Atlântico, e me apiedava. Como ousaram dar início a uma aventura que em geral conduzia à morte, do corpo ou da alma. Talvez eles reconhecessem que a Europa estava em débito com eles. E que aquela Europa, ficada para trás, esvaziara-se sem eles. Afinal, eles cumpriram durante longos anos o dever de lhes enviar ano após ano as moedas para a vida não os minguar.

O pai agia de forma estranha. Ao receber as cartas provindas de Borela, guardava-as no bolso da calça sem abri-las. Acari-

LIVRO DAS HORAS

ciando-as durante semanas com reverente temor. Talvez temesse o que continham, de saber que haviam enterrado a mãe, Isolina, sem o pranto do filho, Lino. À época, como chegar a tempo para as despedidas?

Não foram os únicos a sofrer o transplante incessante. Cada país despejou na América um contingente faminto, abrindo espaço para os que viriam mais tarde. O que teria sido da Europa se não tivesse recebido de volta o imaginário americano, o feijão, a batata, o milho, o chocolate, os tomates deste sol ardente, as fantasias, as caveiras que os mexicanos cultuam?

Suspeito que até o último suspiro sofrerei os efeitos da imigração. De nada serve que me peçam para renunciar ao tema que julgo relevante na minha bagagem narrativa.

❧❦❧

Dos diversos recantos da terra que visitei, advém a percepção que abona o escritor com a invenção e a mentira. Ambas vizinhas de uma verdade que esgrimimos todos. A fim de que o escritor, ao seguir os passos de um Simbad volátil, se redima e dê início à primeira linha do romance.

Enquanto narro, singro os mares. Ou a Lagoa, que observo da janela da casa, transformando um simples charco no oceano Atlântico. Brinco, pois, com a fantasia de ser Simbad, o narrador que fez parte do meu despertar infantil. O marinheiro mentiroso que me introduziu a certos princípios narrativos. E graças ao qual frequentei escunas com as velas içadas, auscultei os papéis guardados nos baús da família, que me revelaram intimidades sombrias, pertinentes à origem dos homens.

Simbad era um dos personagens que me forçaram a viver a aventura, a metamorfosear-me em Nyoka, Tarzan, Winnetou, D'Artagnan. A ponto tal, que o ideal da minha vida constituía-se em jamais dormir uma segunda noite sob o mesmo teto. Como se fora uma alma condenada a vagar pelo mundo, sobre quem pesava estranha sentença.

Tal façanha, deste meu imaginário, reaviva-se quando me indagam por que decidi ser escritora. Segreda-me, então, uma voz que já nasci inquieta, e não sei dizer a quem puxei. Se ao pai, à mãe, ou à mistura dos dois. Embora ambos aparentassem relativo apaziguamento, descreio das águas plácidas. Quem sabe, sob o peso das responsabilidades familiares, eles renunciaram ao projeto de viajar sobre o tapete mágico?

Interrompo o fluxo destas elucubrações, tomo um guaraná. Ouço a *Criação*, de Haydn, e ganho as asas que faltaram aos pais. Louvo, porém, o sacrifício que eles fizeram por mim. E, grata, oferto a Gravetinho o delicioso queijo francês que Bethy me mandou dentro de uma cesta de palha revestida de um pano vermelho quadriculado.

Positivamente a vida mesquinha não me serve.

Tenho à disposição o repertório arqueológico dos sentimentos. A matéria que, embora se diga poética, simula, trai, é mimética. Como tal, resguarda-se no interior do texto na expectativa da vida me propor um jogo oriundo da trama da palavra, que carece de representação.

LIVRO DAS HORAS

As frases com que narro originam-se do âmago do verbo. As sombras da sua substância encontram-se no fundo do abismo. Uma realidade regida pela pretensão dramática de situar dentro da escrita o que terei esquecido do lado de fora. E não foi assim que Machado de Assis retratou a sociedade brasileira?

Qualquer frase que fracassa mergulha-me no inferno. E não quero renunciar à estética que estilhaça meu ser. Aceito, então, a sentença que, dentro do espaço teatral, cumpra o destino sincrônico da narrativa. Sem sequência, não há história.

Gilberto Freyre, por exemplo, escreve com ritmo largo, a frase tem rara eficácia. Em oposição às frases curtas, quase crepusculares, de Hemingway. Elas carecem do excesso que sobrava em Faulkner no afã de desvendar o mundo.

A extensão da frase não é um ato gratuito, mas reflete uma decisão moral. Por que usar sentenças despojadas de ambiguidade, de alternativas poéticas, de parágrafos que se desdobram em subordinadas?

De minha parte, alterno a forma sincrônica e sincopada, a pretexto de fortalecer a concentração poética, de reduzir ao mínimo as distrações sintáticas. Com as palavras que amo, sofro na carne o seu efeito.

⚜

Uma história bem contada leva-me às lágrimas. Em especial quando, em meio à exaltação narrativa, menciona amores contrariados, despedidas pungentes, sentimentos ambíguos, destituídos de lógica. Ou abarca ingredientes melodramáticos que a sociedade hostiliza, mas constituem partes essenciais de cada ser.

Mas, por onde a história caminhe, estico a mão na expectativa de trazer para perto do peito a migalha que seja de um enredo capaz de rejuvenescer meus sentidos. Por meio do gesto obtendo um salvo-conduto que me permita circular pelos porões das casas, reduto de intrigas e segredos.

Uma história que para vencer a alma do ouvinte dispense duendes ou um narrador com trajes de rei. E que tenha o efeito irradiador de uma receita de bolo transmitida de pais a filhos.

Que história seja, ela me enternece. Ao ouvi-la, acomodo-me na poltrona da casa e afino as cordas do coração. Sob tais condições, fruo o mistério e o abismo alheio, e afugento qualquer apatia que me impeça de chorar, emocionar, de fazer a existência render. Pois reajo a qualquer ruptura psíquica, a cobrir-me de cinzas. Não pretendo encurtar a vida premida pela indiferença. Confio que, em caso de desvio de conduta ou de declínio, um amigo me chame a atenção. Afinal, espargi em torno gestos amorosos, plantei frutos nos quintais da cidade.

No curso da vida que ainda me resta, pulo, aflita, do catre de pregos e engendro enredos que atendam a narrativas futuras. Meu desassossego busca o favo do verbo com que compor uma história. Fica à espreita que o cutelo da invenção tombe sobre a minha cabeça sob forma de peripécias e fantasias. E como a trama é traiçoeira, molho a pluma na tinta do meu próprio sangue e dou início ao livro que jurei narrar. Talvez seja, como as anteriores, uma trama que retire das entranhas para ganhar veracidade.

A vida não é nova para mim. Tenho anos nas costas, décadas no coração cansado. Em compensação, o Brasil é sempre recente, não amadurece.

Não consigo traduzir o meu país, nem mesmo com a ajuda de Deus, caso aceitasse tal incumbência. Assim, estou só na tarefa de falar de um país tão controvertido quanto o Brasil.

Muitas vezes ajo com a pátria como se fora um turista. Nesta condição, ponho-me à margem para interpretá-la. O coração não aprecia que eu me proteja com máscara de apátrida, ou com o anonimato. Mas que fazer? O amor empana o meu julgamento.

Menciono o Brasil como sendo vítima de um canibalismo que consome critérios e isenção. Com dificuldade de elaborar a síntese que identifique o Brasil. Pois as palavras sob o sol que incide sobre o meu corpo me faltam, assim como custo a apreciar os detalhes de uma iluminura que vi na igreja românica de San Clemente de Taüll.

Com os anos, piorei. Falta-me a leveza de pular os muros da casa e ir solta pelo mundo. Hoje, até a literatura, que me força a fabular, mal consente que projete um romance capaz de minar um pilar que seja da sociedade.

Mas insisto em criar. Penso que os livros, quando não lidos, é porque foram queimados em praça pública.

Transito pelo mundo de coração poroso. Arfo, vejo, imagino, memorizo, pendente da minha condição. Adepta da aventura, julgo amar e criar projetos irrenunciáveis.

Em consonância com princípios assim vagos, decido que, enquanto tiver saúde, livre-arbítrio, espírito, liberdade, emoção, coragem, penso polir minha humanidade como quem cuida da prata inglesa oriunda da era vitoriana da coleção de um amigo que residiu até a morte no interior do Brasil.

Olho o espelho atenta ao rosto que envelhece. Avalio quem sou e admito que a arte, que lateja no meu corpo, faz-me assumir a integridade da minha condição, a ocupar-me de pequenos deveres, da manutenção da casa, do repasto familiar.

A arte, porém, mente. Adota subterfúgios para eu fracassar, não esteja à altura da sua transcendência. Afinal, ao optar pela morbidez e a agonia, a arte ri, como um desesperado Falstaff que o monarca Henrique V decidiu desprezar. Esta arte, que simula um ideal contemplativo, é áspera e golpeia quem se acerque.

A arte me persegue e não sei como escapar de seus tentáculos, se comprometi minha vida com os seus fundamentos. E de nada vale advertir os demais contra os malefícios emocionais da arte que não nos ama e contudo nós amamos. A despeito de muitos crerem que a arte sirva unicamente para lixar as unhas e passar o esmalte nelas.

Não é certo que, sendo tudo que somos, esta arte nos ilude, falta-lhes piedade?

Todo livro sai em defesa da narrativa. Só que, para contarmos uma história, dependemos de certa imortalidade. Nossa e de quem nos lê.

Somos piores que os espinhos, o cardo, os dentes do javali, o veneno da cascavel. Após esquartejar o próximo, comemos-lhe a carne adicionando sal e pimenta e limpamos os dentes com palito. Uma refeição que se repete a cada dia.

O verão, por exemplo, alicia a matança. São muitos os mortos que levamos na mochila e na memória. Cumprimos assim um desígnio liberto de qualquer ortodoxia moral. E, circunscritos à ordem pública, simulamos gosto pela perfeição. Declaramo-nos alheios à teologia do mal, que nos espreita. Uma labuta que não serve para nos regenerar.

Em contrapartida, descerramos a cortina do palco sem culpa. Indiferentes a que as tábuas do palco humano ranjam, a despeito da parafina espalhada em cada recanto. Com o coração obscuro, seguimos belos, disformes, carcomidos.

E como a imaginação não chora, ela limita-se a se ocupar da nossa insolvente realidade.

Dezembro é voraz. Sou vítima do seu falso esplendor. Este mês não me engana. Alimenta-se da minha fome e das ilusões coletivas. Assim, quando Natal e o fim de ano se aproximam, preparo o coração e as vísceras para as festividades. Celebro-as como se estivesse talhada para acumular na memória festejos, saturnais, instantes ricos, mas breves.

A esperança, então, viceja. Aliás, já a partir do carnaval, sem considerar os idos de março, de infelizes presságios, refuta-se que o ano entrante seja portador de fracassos, e que as asas da ilusão deixem de voar.

Na corrida contra o relógio, que nos envelhece, e deixa-nos com os nervos à flor da pele, aposta-se nas quimeras, suportamos as badaladas do relógio prestes a expor as emoções do mundo. E tudo para anunciar que o novo ano nos traga um prato de lentilha, moedas de ouro, um teto, a fruta advinda da árvore do paraíso, uma vida duradoura, um amor que desestabilize a rotação da Terra.

Ambição esta que não basta. É mister atender ao impulso da sorte e da obrigação de ser feliz. Engulo assim, às pressas, as doze uvas da sorte e sorvo o *champagne* da taça de cristal. Esquecida de agradecer à vida as solicitações atendidas no ano vencido. Como a saúde, os dentes fortes, o paladar apurado, as oito horas de sono, a respiração que não teme a súbita morte.

Menciono ainda que a melancólica ilusão do cotidiano faz falta. E que, à meia-noite, convém incorporar as uvas ao repertório dos bons sentimentos, a fim de afugentar os maus augúrios. E desejar a todos um ano que valha o esforço de viver.

Este Cristo que perambulou pela Terra debruçou-se sobre as mulheres. Teve noção do pecado e o quis expurgar da consciência

LIVRO DAS HORAS

humana. Sonhou ser possível desvincular o homem do mal absoluto, sempre em curso. Mas, ao aceitar a cruz, entendeu ser inútil a Sua interferência.

❧

Não há destino certo para a seta que busca a geografia de um corpo para feri-lo. No transcurso da viagem, de um ponto a outro, a seta ironicamente cruza as Argólidas gregas na folia do seu percurso.

E o que tem a seta a ver com o romance, gênero que cruza o espaço sem saber onde pousa o seu espírito mortal? Cada página a ensejar perguntas que eu nunca soube responder. Enquanto quisera saber que trajetória romanesca agradaria ao brasileiro, a ponto de se julgar seu coautor. E, como tal, que personagens e cenários elegeria?

E que outra função tem o romance, além de desenhar o mapa do tesouro que assinala o rumo das aventuras? Como a que se terá originado da ação dos romanos em Jerusalém, quando eles, mestres da jugular alheia, no afã de ampliar seu controle sobre a cidade, cortaram-na em dois, um cardo em diagonal, a fim de controlarem homens e rebeliões.

Seria fácil dominar as ruas do Rio de Janeiro, que bem servem a um propósito tirânico. Também serviram esplendidamente aos personagens machadianos que eram andarilhos como seres que faziam da casa cenário para hostilidades e urdiduras. Venciam os escaninhos da pólis carioca a cavalo ou de carruagem, em cujo interior se resguardavam paixões secretas, conspirações, e tudo mais que Machado sabia do humano.

Ninguém se extenuava no universo de Machado de Assis. O irônico narrador descreve para o leitor um enredo que se desenvolve nos limites das paredes que formam os sentimentos humanos.

Perdoe-me, leitor, se estou a misturar os temas. Talvez por efeito do falso *bloody mary* que, embora desprovido de vodca, subsidia a memória com notícias fraudulentas. Uma memória graças à qual me abasteço de sentimentos e feitos com que dar início a um romance.

A geografia da memória não é confiável. Seria mister que distinguisse uma vila do subúrbio carioca de uma avenida parisiense, às quais se chega mediante referências assopradas ao ouvido. Como moldura ficcional, a memória, embora cartográfica, cinge-se à odisseia humana, para indicar o lugar da crise e ter o que narrar. Ter como elaborar os fios originários do labor civilizatório.

Estou em casa e nenhum outro recanto é mais atraente. Aqui, subordino-me ao legado narrativo, beneficio-me de um repertório de experiências exumadas ao longo de milênios. Mas, por onde ande na casa, visito o mundo. O caráter narrativo da vida ocupa-me o pensamento. O espaço que me cabe na Lagoa conjura o silêncio, a monotonia. E tudo o que se organiza na sala ou na cozinha é fruto da minha observação, resiste em desintegrar-se. E termina sendo a leitura épica e avassaladora de Homero.

O ciúme bate à porta da carne e nos desgoverna. Traduz o medo de perder quem produziu tal efeito. Suas garras asfixiam.

Tal matéria rege qualquer coração ferido. Ao se manifestar, despoja-nos das cascas sociais. Alastra-se, quando a sensatez se

LIVRO DAS HORAS

ausenta e leva-nos a indagar o que mais se perde além do objeto amado?

A vida, contudo, que transcorre nas choupanas e nos palácios, descuida-se do coração sofrido, das transações domésticas, das investidas assassinas. De tudo que é assunto da sua alçada. O que não impediu que Otelo, cioso da autoridade exercida sobre a frota, matasse Desdêmona, arrastado pela insídia de Iago. Ou que um outro amante, ofendido diante da iminência de perder a quem lhe presta serviço na cama e na mesa, dilacere o corpo que pensa amar.

A função do ciúme, que enseja batalhas domésticas, é de nos conectar com a triste realidade que alcança a plenitude por meio da ambiguidade doentia. Bentinho, por exemplo, vítima de sutis oscilações que não o protegem de quem mata em nome do amor, talvez cogitasse em eliminar Capitu por já não saber viver sem o objeto de tal especulação amorosa.

Um ciúme como esse aperfeiçoa a natureza predatória de quem, por meio dos sentimentos obscuros e do destemor da lei, utiliza o código social que o protege, e o exime de culpa.

❧

Cada qual narra a história da sua solidão. Da solidão que acossa reis e escravos. A que se está condenado mesmo quando cercado de familiares, amores, tribos, séquitos, das leis universais.

O próprio lar, onde nos entrincheiramos, pode ser o lugar do medo e da desesperança. O abrigo, que embora corte as ataduras com o mundo, conforta-nos com memórias, milagres, e o feijão na panela onde boiam os salgados do porco. E propicia-nos ainda que em certa noite se derrubem as paredes que apartam os amantes e se crie no corpo de algum brasileiro um espaço acústico capaz de reproduzir a voz que, à porta da casa, anuncia sua chegada como uma promessa de amor.

A arte tem o seu tempo para expressar sua razão de ser. De revelar como simples explosão da Via Láctea, refletida nas páginas em branco, a linguagem que nos mortifica e libera.

A arte, no entanto, sem o estremecimento da carne e a constrição inerente ao próprio ato de criar, se paralisa. Para reacender-lhe o ânimo e que volte a arfar, reinstaura-se o conflito, que é a flor da sua natureza. A paixão que dilacera a ordem e a linguagem poética.

E se é assim de fato, como aferir a febre do verbo, o grau de sofrimento do autor?

Vou morrer e nada sei

A felicidade está ancorada nas mil definições incertas. Ela não fala e nem contraria nossos desígnios. Ora é crepuscular, serena, modesta, como sabendo que o pouco é muito. Ora impulsiva, assombrosa, instantânea, um conjunto de emoções próximas ao absoluto e ao mistério. Uma espécie de golpe de misericórdia da alegria.

O mundo se agita de forma imperceptível e mal se escuta o suspiro de uma mariposa que voa no afã de percorrer a Terra.

Este livro foi composto na tipografia Bembo Std,
em corpo 11,5/15,3, e impresso em papel off-white $80g/m^2$
no Sistema Digital Instant Duplex da Divisão
Gráfica da Distribuidora Record.